Sigrid Früh

Verzaubertes Unterland

Sigrid Früh

Verzaubertes Unterland

Märchen, Sagen und Geschichten

Silberburg-Verlag

1. Auflage 2005

Umschlaggestaltung: Frank Butzer, Tübingen,
unter Verwendung einer Fotografie von Rainer Fieselmann.
Druck: Freiburger Graphische Betriebe, Freiburg i. Br.
Printed in Germany.

ISBN-10: 3-87407-669-5
Ab 2007 ISBN-13: 978-3-87407-669-2

Besuchen Sie uns im Internet
und entdecken Sie die Vielfalt unseres Verlagsprogramms:
www.silberburg.de

Inhalt

Von Herrschern, Rittern, Bürgern und Bauern

Geheimnisvolle und unheimliche Begebenheiten

Von Schelmen, Schlaubergern und Schlawinern

Vorwort

Das Unterland ist eine Gegend mit reizvollem südlichem Flair. Die Hügellandschaft ist geprägt durch ihre Obstbäume. Und der berühmte Wein des Unterlandes wächst sowohl auf den sanft geschwungenen Talhängen wie auch auf den Muschelkalkterrassen, deren berühmtesten die Felsengärten zwischen Hessigheim und Besigheim sind.

Die Gegend ist sowohl historisch wie sprachlich das Grenzgebiet zwischen Schwaben und Franken. In der Anekdote »Von Bauern, die ihrem Pfarrer ein Fass Wein spendieren« wird dies auch zum Ausdruck gebracht: »Im Unterland, wo's nimmer schwäbisch und noch nicht fränkisch ist.« Doch halten sich Märchen- und Sagengestalten meistens weder an historische noch an sprachliche Grenzen.

Märchen, Sagen und Volkserzählungen wurden dennoch auch immer von historischen und religiösen Ereignissen geprägt. Bestimmte Gebiete des Unterlandes waren unter kurpfälzischer Herrschaft, dadurch kam der Calvinismus zum Tragen. Deshalb begegnen wir in einigen Märchen, die in dieser Gegend aufgezeichnet wurden, dem Prinz von Oranien als Märchenheld. Auch zeigt sich die Nähe zu Frankreich in verschiedenen Texten, zum Beispiel im Märchen »Von der schönen Schwanenjungfer«. Möglicherweise waren die Erzähler von der Gestalt Liselottes von der Pfalz beeinflusst, die den Herzog von Orléans, den Bruder König Ludwigs XIV., geheiratet hatte und immer mit Sehnsucht nach ihrer Heimat am Neckar erfüllt war.

In dieser Gegend werden erstaunlich viele Märchen und Sagen von Wasserfrauen erzählt. Zur selben Zeit, als Luther die Elementargeister, alles Übermenschliche und Nichtgöttliche zu Teufelswesen erklärte, schrieb Paracelsus, der aus dem schwäbischen Geschlecht derer von Hohenheim stammte, in seinem Werk »Liber de nymphis« über die Elementargeister: »... dem Menschen, dem erscheinen sie, damit er erkenne und sehe, wie wunderbarlich Gott sei in seinen Werken, dass er kein Element feiern lässt und leer lässt, er hat große Wunderwerke in ihnen ... So oft lässt sie Gott zu uns wandern und bei uns sein, wie notwendig ist, damit wir ein Wissen von ihm nehmen, dass Gott wunderbarliche Werke wirke.«

Eine Eigentümlichkeit des ganzen Südwestens ist die Verniedlichung, sind die Diminutiv-Endungen, die selbst an die Namen von ausgesprochenen Schreckgestalten und sogar Wiedergänger-Erscheinungen von Mördern angehängt werden. Beispiele hierfür sind: das »Rottenmaierle«, der »Davidle« und das »Dahenfelder Sauhirtle«.

Heilbronn als mächtige Reichsstadt spielt in vielen Geschichten eine wichtige Rolle. Heinrich von Kleist lässt sein Käthchen in Heilbronn gebürtig sein. Dabei gab es in Heilbronn gar keine Käthchensage. Inspiriert wurde der Schriftsteller vermutlich von der »Geschichte einer magnetischen Schlafrednerin«, die ein Heilbronner Arzt, Eberhard Gmelin, aufgeschrieben hatte. Diese Schlafrednerin, Liselotte Kornacher, war die 16-jährige Tochter des damaligen Heilbronner Bürgermeisters.

Wichtig für die Gegend war auch der Deutsche Ritterorden, er hatte in Neckarsulm eine mächtige Ballei. Ihr Besitz erstreckte sich bis nach Binswangen und Erlenbach.

Das berühmte Kloster Maulbronn wurde während der Reformation protestantisch, viele bekannte Schwaben haben hier studiert: Johannes Kepler, Friedrich Hölderlin und Hermann Hesse, um nur einige zu nennen.

Eine historische Gestalt dieser Gegend, um die sich viele Geschichten ranken, ist der Ritter Götz von Berlichingen, der auf der Burg Hornberg 1562 sein Leben als 81-Jähriger beschloss.

Bedeutsam war auch Justinus Kerner, der viele Jahre, bis zu seinem Tod, in Weinsberg lebte und praktizierte. Deshalb befinden sich in diesem Buch viele Geschichten von ihm, sie alle beschreiben seinen Humor und seine feine Ironie.

Zum Schluss möchte ich allen danken, die mir etwas aus ihrer Erinnerung erzählt haben: dem Lehrer Kurt Haiber, Siegfried Winkler, Marianne in Cleebronn und den vielen Landfrauen dieser Gegend. Ebenso Dr. Gustav Schöck von der Landesstelle für Volkskunde in Stuttgart. Vor allem danke ich meiner Freundin Doris Feller-Neff und meinem Mann Helmut für die unermüdliche Unterstützung meiner Arbeit.

Sigrid Früh

Märchenhaftes

Die drei Königskinder

Es war einmal ein König, der hatte nur einen Sohn. Wie dieser in das Alter kam, um zu heiraten, wollte er nicht die Prinzessin heiraten, die seine Eltern für ihn ausgesucht hatten, sondern eine Frau nach seinem Gefallen. Darum zog er im ganzen Land umher und schaute sich unter den Jungfrauen um. Unter allen gefiel ihm keine besser als eine Bauerntochter, die hieß Marie. Als er jedoch bei ihren Eltern um sie anhielt, sagte der Vater rundheraus nein. Denn Marie sei die einzige Stütze ihrer alten Eltern und ernähre sie. Da sagte der Königssohn, wenn es weiter kein Hindernis wäre, er wolle für ihren Unterhalt sorgen, damit sie keine Not leiden müssten. Damit waren die Eltern einverstanden.

Der Königssohn nahm Marie mit und die Hochzeit wurde gefeiert. Dies war aber seiner Mutter gar nicht recht, und diese böse, stolze Frau trachtete auf alle Weise, die junge Königin zu kränken und in den Augen ihres Mannes herabzusetzen. Lange Zeit gelang ihr das aber nicht.

Nach einiger Zeit gebar die Königin ein schönes Mädchen. Da der König gerade auf der Jagd war, bestach die böse Mutter die Hebamme, nahm das Mädchen weg und sagte ihrem Sohn, seine Frau habe eine abscheuliche Missgeburt zur Welt gebracht. Darum hätten sie dieselbe sogleich vergraben. Das Kind legte sie in eine Kiste und warf diese in den Bach. Die Kiste ging im Wasser aber nicht unter, sondern schwamm fort, bis sie in die Nähe einer Mühle kam. Die Müllerin stand am Fenster, sah die Kiste und rief ihrem Mann zu, er solle diese aus dem Wasser holen und sehen, was darin verborgen sei. Als dieser das schöne Mädchen darin fand, sagte der Müller zu seiner Frau: »Da wir keine Kinder haben, wollen wir dieses Mädchen an Kindes statt annehmen.« Damit war seine Frau sogleich einverstanden.

Die junge Königin weinte unterdessen sehr über ihr großes Unglück. Ebenso betrübt war ihr Mann. Als die Königin wieder guter Hoffnung war, trösteten sie sich. Wie nun die Zeit der Geburt nahe war, schickte die böse Schwiegermutter ihren Sohn jeden Tag zur Jagd. Wieder gebar die Königin ein schönes Mädchen, das von der garstigen alten Königsmutter weggenommen wurde, in eine Kiste gelegt und dem Bach übergeben wurde. Auch diese Kiste schwamm bis zur Mühle, und auch dieses Mädchen wurde von den guten Müllersleuten ebenso herzlich aufgenommen wie seine Schwester. Wieder belog die alte Königin ihren Sohn, indem sie ihm sagte, seine Frau habe eine weitere Missgeburt zur Welt gebracht.

Das Herzeleid der jungen Königin und des Königs war nicht zu beschreiben. Sie weinten Tag und Nacht. Als die Königin wieder guter Hoffnung war, konnten sie sich gar nicht auf das Kind freuen. Wie die Zeit der Geburt kam, befand sich der König wieder auf der Jagd. Dieses Mal gebar die junge Frau einen schönen Knaben, den die böse Schwiegermutter mit einer hässlichen Missgeburt, welche zur selben Zeit in der Stadt zur Welt gekommen war, vertauschte. Bei seiner Rückkehr sah der König die Missgeburt, über die er so sehr entsetzt war, dass er jetzt von seiner Frau nichts mehr wissen und sie nicht mehr sehen wollte. Da triumphierte die böse alte Königin.

Die Kiste, in die der Knabe gegeben wurde, nahm den selben Weg wie die seiner beiden Schwestern, schwamm auch bis zur

LR

Mühle und wurde ebenso freudig empfangen wie jene. Er wuchs mit ihnen auf, wurde ein schöner Jüngling und blieb in der Mühle, bis er fünfzehn Jahre alt war. Da geschah es, dass die alte Königin eines Tages an der Mühle vorbeifuhr. Als sie den Jüngling und die beiden Mädchen sah, überlief es sie gar sonderbar. Sie stieg aus ihrer Kutsche, ging in die Mühle und fragte den Müller, ob das seine Kinder seien? »Nein«, sprach der Müller, »Gott hat sie mir auf dem Wasser zugeschickt«, und er erzählte die ganze Geschichte, zeigte ihr auch die Kisten, welche er sorgfältig aufgehoben hatte. Da erkannte die böse Alte, dass es die Kinder der jungen Königin waren, und sie sprach zu dem Müller, er müsse die drei Kinder töten. Wenn nicht, werde er selber getötet. Der Müller versprach, es zu tun, tat es aber nicht. Er erzählte den Kindern alles und gab ihnen einen seiner Esel, damit sie entfliehen konnten. Am folgenden Tag nahmen sie weinend Abschied voneinander. Der Jüngling setzte sich auf den Esel, die Schwestern saßen in zwei Körben, die ebenfalls der Esel trug.

Also zogen sie in die Welt hinaus. Nach ein paar Tagesreisen kamen sie in einen Wald. Da sahen sie auf dem Weg ein Büchlein liegen. Der Jüngling hob es auf und las die erste Seite. Da erhob sich vor ihm ein großer, schwarzer Nebel, und als sich dieser lichtete, stand ein Geist vor ihm, welcher ihn fragte: »Was befiehlt mein Herr und Meister?« Anfangs erschraken die Geschwister nicht wenig, doch erholten sie sich bald von ihrem Schrecken und der Jüngling sprach: »Baue uns ein schönes Schloss und bringe alles hinein, was nötig ist.« Da erhob sich abermals ein Nebel und als dieser sich lichtete, stand ein wunderschönes Schloss da, mit prächtigen Gärten. Viele Diener eilten heraus, um die Geschwister als ihre Herren zu begrüßen.

Als die böse alte Königin von dem Schloss der drei Geschwister hörte, verkleidete sie sich und schlich so lange dort herum, bis sie die drei Kinder sah. Sie erkannte sie sogleich. Sie sann Tag und Nacht auf Ränke, wie sie die drei Kinder ins Unglück bringen könne, denn sie fürchtete, solange diese am Leben waren, könnten ihre Untaten an den Tag kommen.

Eines Tages zog sie Bettelkleider an und ging in das Schloss. Als die Geschwister ihr ein reichliches Almosen gegeben, sprach sie, sie hätten wohl alles, was man sich nur wünschen könnte, nur eins noch fehle ihnen, und es sei jammerschade, dass sie das nicht auch noch besäßen. Die Geschwister fragten, was das sei? Da sagte die Alte: »Ein Zweig von dem Baum mit goldenen Früchten. Wenn ihr den in euren Garten pflanzt, dann wächst schnell ein Baum daraus, und das wäre so prächtig.« Da berieten die Geschwister, wie sie den Zweig bekommen könnten, und es wurde beschlossen, dass der Bruder ausziehen solle, um ihn zu holen.

Der Jüngling machte sich alsbald auf die Reise, zog von Land zu Land, bis er an den Garten kam, worin der Goldbaum stand. Da trat ein altes Männlein zu ihm und fragte ihn, wohin er wolle? »Ich will mir einen Zweig von dem Baum der goldenen Früchte holen«, sprach er. »Ich rate dir, das nicht zu tun«, erwiderte das Männlein, »denn es ist eine große Gefahr dabei. Es wird dir allerhand begegnen, und wenn du dich dabei nur einmal umsiehst, dann wirst du zur Salzsäule.«

»Ich werde mich schon in Acht nehmen«, sagte der Jüngling und trat in den Garten. Er ging auf den Baum zu und brach einen Zweig ab. Er war beinahe schon aus dem Garten heraus, als es hinter ihm schrie und tobte und ihn jemand am Rock festhielt. Da sah er sich um, wer das sein könne, und im selben Augenblick war er zur Salzsäule erstarrt.

Als der Jüngling schon einige Zeit ausgezogen war, kam die Alte in Gestalt einer anderen Bettelfrau wieder und sprach zu den zwei Jungfrauen: »Dem schönen Schlosse fehlt nichts als der sprechende Vogel, und es ist jammerschade, dass ihr den nicht habt.« – »Wo finden wir ihn denn?«, fragten die Schwestern. »In dem Garten, in dem der Baum mit den goldenen Früchten steht«, sagte die Alte. Da sprach die ältere der beiden Schwestern: »Ich will den Vogel holen und zugleich sehen, wo unser Bruder bleibt.« Sie wanderte von Land zu Land und kam auch zu dem Garten. Da stand das alte Männlein und fragte sie, wohin sie wolle. »Ich will den sprechenden Vogel holen«, antwortete das Mädchen, »und nach meinem Bruder sehen.« – »Unternimm das nicht«, sagte das Männlein. »Bleib lieber aus dem Garten, es ist eine zu große Gefahr dabei; denn wenn du dich auf dem Rückweg nur einmal umsiehst, dann wirst du gleich deinem Bruder zur Salzsäule.« – »Ich werde mich hüten«, sagte die Jungfrau und ging in den Garten. Dort brach sie einen Zweig von dem Goldbaum und nahm den sprechenden Vogel, welcher in einem Käfig daneben stand. Als sie beinahe an der Tür war, rief jemand hinter ihr her, gerade als wenn es ihr Bruder gewesen wäre, sie habe etwas vergessen. Da sah sie sich um, erstarrte zur Salzsäule und stand neben ihrem Bruder.

Als das böse Weib sah, dass auch die Schwester nicht zurückkehrte, konnte sie vor Freude nicht an sich halten. Sie ging nun zu der jüngeren Schwester, wieder als Bettelfrau gekleidet, bewunderte das Schloss und sprach: »Es fehlt hier gar nichts als das springende Wasser, das gäbe einen sehr schönen Springbrunnen.«

»Wo findet man das springende Wasser?«, fragte die Jungfrau. Die böse Alte sprach: »In dem Garten, in dem der Baum mit den goldenen Früchten steht und wo der sprechende Vogel ist.« Da dachte die Jungfrau, sie müsse einen solchen Springbrunnen haben und würde sogleich ihre Sorge los, denn sie könne dann erfahren, was aus ihrem Bruder und ihrer Schwester geworden sei. Sie machte sich alsbald auf den Weg und kam nach langem Wandern endlich bei dem Garten an. Da fand sie das alte

Männlein, welches sie warnte, doch nicht in den Garten zu gehen, denn sie komme nicht mehr heraus, und es gehe ihr wie ihrem Bruder und ihrer Schwester. Als sie jedoch nicht anders wollte und durchaus darauf bestand, sagte das Männlein, dann solle sie sich nur nicht verleiten lassen, sich umzusehen. Wenn sie aber von dem springenden Wasser habe, dann müsse sie damit die beiden Salzsäulen besprengen, die am Eingang des Gartens stünden, denn das seien ihre Geschwister. Sie ging in den Garten und fand sogleich den Brunnen, woraus das Wasser sprang. Sie füllte sich zwei Flaschen davon, ließ sich auch nicht schrecken, wie sehr es um sie herum auch schrie, heulte und brüllte, als ob die ganze Hölle losgelassen sei. Sie ging ruhig und mutig zurück und goss eine Flasche des springenden Wassers über die beiden Salzsäulen. Da verwandelten sich diese wieder in ihre Geschwister. Wie war jetzt die Freude groß! Sie hatten sich wieder und dazu alles, was sie sich wünschten. Den Zweig von dem Baum mit den goldenen Früchten, den sprechenden Vogel und das springende Wasser. Der Zweig wuchs in einer Nacht zu einem prächtigen Baum, in dessen Ästen saß der sprechende Vogel und an dem Fuß des Baumes stieg das springende Wasser aus einem goldenen Becken empor. Man konnte sich nichts Schöneres denken.

Der Ruf von dem wunderbaren Schloss der drei Geschwister ging durch alle Lande und kam endlich dem König zu Ohren. Jetzt hörte auch er von den drei Wunderdingen, welche die Prinzessin aus der Fremde mitgebracht hatte. Er wurde so neugierig, dass er sich aufs Pferd setzte und zu dem Schlosse ritt. Die Geschwister hießen ihn freundlich willkommen und wollten ihn sogleich im Schloss umherführen. Aber er konnte sich nicht satt an ihnen sehen, und er meinte, er müsse sie an sein Herz drücken und sie küssen. Er fragte: »Sagt mir doch, wer seid ihr und wer sind eure Eltern?« »Wir sind auf einer Mühle zu Hause, des

Müllers Kinder«, sprachen die Geschwister. Da rief der Vogel: »Keine Müllerskinder, Königskinder!« Und er erzählte dem König alles. Man kann sich denken, wie der König und die drei Geschwister erstaunt waren und was das für eine Freude war.

Auf der Stelle wurde eine Kutsche angespannt, und alle fuhren zu den braven Müllersleuten und fragten, woher die drei Kinder wären. Anfangs wollte der Müller nicht mit der Sprache heraus und sagte, es seien seine Kinder. Als der König ihm aber zu verstehen gab, dass alles schon offenbar sei, da bekannte der Müller, wie er sie aus dem Wasser geholt und wie die alte Königin ihm befohlen habe, die Kinder zu töten. Er nannte auch Tag und Stunde, wann die drei Kisten bei der Mühle ankamen. Da ließ der König auch die Hebamme zur Mühle kommen, denn er hätte so gerne gehört, dass jemand anderes im Spiel gewesen sei als seine eigene Mutter. Aber auch die Hebamme erzählte alles so, wie es der Vogel verkündet hatte, da blieb ihm kein Zweifel mehr. Er schloss seine lieben Kinder noch einmal in seine Arme und ritt weg, nachdem er sie auf den folgenden Tag ins Schloss beschieden hatte.

Zu Hause befahl der König, ein großes Gastmahl anzurichten. Dann eilte er heimlich zu der armen Königin, welche am äußersten Ende des Gartens in einem kleinen Häuschen allein wohnte. Er bat sie unter Tränen um Verzeihung, all des Unrechts, welches er ihr angetan, und erzählte ihr die ganze Geschichte. Die Königin konnte ihr Glück kaum fassen, ihre Kinder und ihren Mann wiederzuhaben.

Am folgenden Tag, als die Gäste recht heiter bei dem Mahle saßen, fragte der König: »Was meint ihr, was die drei Geschwister dafür verdient haben, dass sie so eigenmächtig und ohne mich zu fragen das schöne Schloss erbaut haben?« Sogleich fiel die alte Königin ein: »Man soll sie in siedendes Öl werfen!« Da öffnete sich die Tür, und herein trat die Königin, sie hatte ihre

Krone auf dem Haupt, hielt ihre zwei Töchter an der Hand und ihr Sohn folgte ihr. Der König aber küsste sie und erzählte den Gästen, wie sich alles zugetragen hatte. Dann sprach er: »Der Tod, welcher ihnen zugedacht war, soll diejenige treffen, welche so verbrecherisch an mir und ihnen gehandelt hat.« Da sprangen die Soldaten herbei und fassten das alte böse Weib, aber die Königin und die drei Geschwister baten den König so lange, bis er seiner Mutter das Leben schenkte und sie nur in den Kerker werfen ließ, wo sie bis zu ihrem Tode saß. Im Schlosse aber wohnte von nun an Freude, Friede und Glück.

Der Hühnerhirt

Es war einmal ein König von Oranien, der war Witwer und hatte einen einzigen Sohn. Eines Tages sah er das Bildnis der Tochter des Königs von Siebenstern, das gefiel ihm so gut, dass er sie zu heiraten beschloss. Er übergab also seinem Sohn die Verwaltung des Reichs und begab sich noch in seinen alten Tagen auf Brautfahrt. Als er schon eine gute Zeit unterwegs war, kam er eines Abends spät in ein kleines Wirtshaus am Rand eines großen, großen Waldes. Er fragte, ob der Weg noch weit sei bis zum Königreich von Siebenstern. Da schlug der Wirt die Hände über dem Kopf zusammen und sprach: »Dahin kommt Ihr Euer Lebtag nicht, Herr König, sieben Tage lang müsst Ihr ziehen, bis Ihr wieder aus dem Wald seid, und dann kommt Ihr erst noch durchs Reich der Menschenfresser. Das sind ungeheure Riesen und stehen am Wege, erst einer, dann zwei, dann vier, dann acht und so immer fort, und schlagen jeden Fremden mit ihren eisernen Stangen tot.« Da fiel dem König von Oranien das Herz in die Schuh, er ließ seinen Wagen herumdrehen und fuhr wieder heim.

Unterdessen hatte der Sohn das Bildnis der Prinzessin auch gesehen und sich noch viel ärger in sie verliebt als zuvor sein Vater. Als der alte König wieder zurück war, sagte er: »Vater, ich will fortgehen und es auch einmal probieren«, und kein Zureden konnte ihn davon abhalten. Als er in das kleine Wirtshaus kam, erzählte ihm der Wirt wieder von den Gefahren seines Weges, er aber sagte, das habe er schon gewusst, ehe er fortgegangen sei, und machte sich am andern Morgen früh auf den Weg in den großen Wald. Als er lang, lang geritten war und es schon anfing, dunkel zu werden, rief eine Stimme hinter ihm: »Prinz Ferdinand, halt still!« Er drehte sich um, da stand ein kleines graues Männchen vor ihm und sprach: »Prinz Ferdinand, wenn du meinem Rat folgen willst, so wirst du mich erlösen und die Prinzessin von Siebenstern heiraten!« Das wolle er, sagte der Prinz, und das Männchen fuhr fort: »Der Wald ist eigentlich noch sieben Tagereisen lang, doch du wirst schon morgen früh herauskommen; an dem ersten Kreuzweg, den du siehst, grabe mit deinem Degen ein Loch, so wirst du drei Stücke finden, eine Kanne, ein Schwert und ein Pfeifchen. Der Wein in der Kanne gibt dir die Kraft, das Schwert zu regieren, und das Pfeifchen hebe gut auf, es wird dir nützlich sein.«

Wie das Männlein gesagt, so geschah's. Der Königssohn kam mit Tagesanbruch aus dem Wald und an den Kreuzweg, er grub die drei Stücke heraus, trank den Wein, hing das Schwert um und steckte das Pfeifchen in seine Tasche. Gegen Mittag kam er an die Grenze des Riesenreiches, wo der erste Wächter stand. »Was willst du, Erdwurm?«, schrie der ihn an und hob die Stange gegen ihn, doch auf den ersten Hieb mit dem Zauberschwert lag er da und war tot. Ebenso ging es mit den zweien und den vieren, und als er an die acht kam, so dachten sie, hat er sieben totgeschlagen, so schlägt er auch achte tot, und liefen, was sie laufen konnten, und so machten es die Folgenden nach, so dass der Prinz ungehindert in das Königreich von Siebenstern gelangte.

Ehe er in die Hauptstadt kam, musste er aber noch durch einen großen Wald reiten. Die Nacht überfiel ihn, und er war noch mittendrin. Da sah er ein Licht, ritt darauf zu und kam an ein wunderschönes Schloss. Das Tor stand offen, und oben auf dem Turme brannte das Licht, das er gesehen hatte, es war aber niemand zu hören und zu sehen. Er ging in den Stall, da standen die herrlichsten Pferde in allen Farben, und neben jedem hing ein gleichfarbiges Geschirr.

Dann stieg er hinauf in den Saal, da hingen an der Wand Kleider von allen Farben und Arten, von den köstlichsten bis zu den schlechtesten. Er legte endlich sich schlafen, des andern Morgens aber ließ er sein Pferd im Stall stehen, zog die schlechtesten Kleider an, die er finden konnte, und ging zu Fuß weiter, bis er aus dem Wald und in die Stadt zu dem König von Siebenstern kam. »Herr König«, sagte er, »habt Ihr keinen Diener nötig?« Der König sagte, es fehle ihm in der Haushaltung und dem Hofstaat niemand als ein Hühnerhirt, das könne er werden; wenn er aber seine Hühner nicht alle wieder richtig aus dem Wald mitbringe, so werde ihm der Kopf abgehackt; das sei jetzt schon drei Hühnerhirten hintereinander geschehen.

Des andern Tags fuhr der Königssohn mit seinen Hühnern hinaus in den Wald, wo das wunderbare Schloss stand, und konnte nicht widerstehen, einmal nach seinem Pferd zu sehen. Das tat er denn, als er aber wiederkam, war die ganze Herde auseinander gelaufen. Er wusste sich nicht zu raten und zu helfen, bis ihm das wunderbare Pfeifchen einfiel. Er setzte es an und tat einen Pfiff, da kamen von allen Seiten Hühner geflogen, aber so viele, so viele, dass er sich vor lauter Hühnern gar nicht mehr zu retten wusste. Er brachte die ganze Herde wieder mit nach Hause und noch drei Mal so viel dazu. Des freute sich der König gar sehr und sprach: »Du bist mein lieber und getreuer Hühnerhirt und sollst bei mir bleiben bis an dein Ende.«

Der Königssohn hatte schon viele Wochen lang seinen Dienst versehen, da kam große Trauer in die Stadt. Denn hinter der Stadt war ein Berg, und in dem Berge wohnte ein Drache, und der Drache hatte drei Köpfe und musste alle Jahr eine reine Jungfrau fressen; anders tat er's nicht, denn es gehörte zu seiner Gesundheit. So waren aber die Jungfrauen erst sehr rar geworden und dann ganz ausgegangen, so dass diesmal des Königs eigenes Töchterlein dran sollte.

Als nun der Tag gekommen war, sagte der König am Morgen zu dem Königssohn: »Willst du nicht dableiben, mein lieber und getreuer Hühnerhirt, und sehen, wie es mit meiner Tochter geht?«

»Nein«, sagte der Prinz von Oranien, »das will ich nicht mit ansehen, viel lieber will ich mit meinen Hühnern ausfahren.«

Als er aber in den Wald kam, ging er in das Schloss und zog schwarze Kleider an und sattelte sich einen schwarzen Gaul und hing sein Zauberschwert um.

Unterdessen war der alte König mit der ganzen Stadt in Trauerkleidern hinaus an den Berg gezogen und hatte seine Tochter gebunden und dem Drachen zum Fraß hingelegt. Das Ungetüm kam langsam herausgekrochen und ließ seine drei roten Zungen vor Gier armlang aus dem Hals hängen und besann sich nur noch, mit welchem Maul es zuerst anbeißen wollte. Da sprengte auf einmal vom Berg herab ein schwarzer Ritter, hieb mit einem gewaltigen Schlag dem Drachen einen Kopf ab und verschwand ebenso schnell wieder, wie er gekommen war. Als der Hühnerhirt nach Hause kam, sprach der König zu ihm: »Ach du, mein lieber und getreuer Hühnerhirt, wärst du doch dageblieben, so

hättest du den fremden Ritter gesehen, der unserm bösen Drachen einen Kopf abgehauen hat; aber noch zwei Mal müssen wir die Prinzessin hinausbringen, sonst frisst er die ganze Stadt.«

Als er des andern Morgens wieder hinaustrieb, sagte der König wieder: »Ach du, mein lieber und getreuer Hühnerhirt, willst du nicht dableiben und sehen, wie es mit meiner Tochter geht?« – »Viel lieber will ich mit meinen Hühnern ausfahren.«

Und diesmal zog er in dem Schloss rote Kleider an, nahm sich ein rotes Ross und hieb dem Drachen den zweiten Kopf ab, er sprengte aber wieder so schnell fort, dass ihn niemand erkennen oder halten konnte. Als er heimkam, sprach der König zu ihm: »Ach du, mein lieber und getreuer Hühnerhirt, wärest du doch dageblieben, heut war ein anderer Ritter da und hat dem Drachen noch einen Kopf abgehauen, aber einen hat er immer noch, und die Prinzessin muss morgen wieder hinaus.«

Den dritten Tag zog der Hühnerhirt weiße Kleider an und setzte sich auf ein weißes Ross und schlug dem Drachen den dritten und letzten Kopf ab. Nun war die Prinzessin erlöst, niemand kannte aber den, der es getan.

Da ließ der König ein großes Turnier anstellen und verkündigen, dass der, welcher den Preis davontrüge, seine Tochter zur Frau bekommen solle und das ganze Königreich dazu. Es galt aber, mit dem Speer einen Ring von einem Querbalken hinwegzunehmen und ihn in vollem Rennen wieder hinzuhängen. Die geschicktesten Reiter fanden sich ein, aber keiner konnte es fertig bringen. Auf einmal sprengte ein kohlschwarzer Ritter mit geschlossenem Visier auf einem schwarzen Gaul in die Schranken, und in einem Nu hatte er den Ring hinweggestochen und wieder an seinen Platz gehängt, dann aber sprengte er in einem Rennen zu den Schranken hinaus und fort. Das verdross den König und sein Töchterlein gar sehr, und als der Hühnerhirt abends heimkam, sprach der König zu ihm: »Ach du, mein lieber und getreuer Hühnerhirt, heute hättest du sehen können, was der schwarze Ritter, der unserm Drachen den ersten Kopf abgehauen hat, so schön turnieren und stechen kann. Er ist aber wieder durchgegangen, ich glaube, meine Tochter ist ihm zu schlecht.«

Geradeso ging es den folgenden Tag bei dem zweiten Turnier, nur dass der Hinkelhirt wieder den roten Gaul hatte und die roten Kleider trug.

Den dritten Tag aber befahl der König, wenn wieder ein fremder Ritter komme, so solle man das Tor schließen und ihn fangen, tot oder lebendig.

Diesmal kam der Hühnerhirt wieder in weißen Kleidern und auf dem weißen Pferd. Er stach den Ring noch zierlicher als die andern Tage, verneigte sich sittsam vor des Königs Töchterlein und wollte wieder fortsprengen. Als er sah, dass das Tor geschlossen war und des Königs Leute von allen Seiten heranliefen, um ihn zu fangen, setzte er mit einem Satz über das Tor, und fort war er. Vorher hatte ihm jedoch ein alter Invalid mit dem Spieß ins Bein gestochen, aber die Spitze brach ab und blieb in dem Bein des Ritters stecken, der sich dadurch nicht aufhalten ließ. Das Königs Töchterlein aber fing an zu weinen, weil sie glaubte, jetzt müsse sie immer ledig bleiben.

Als der Hühnerhirt nach Hause kam, sprach der König zu ihm: »Ach du, mein lieber und getreuer Hühnerhirt, wärst du dageblieben, so hättest du sehen können, wie der weiße Ritter durchgegangen ist, der unserm Drachen seinen letzten Kopf abgehauen hat. – Aber warum blutet denn dein Bein so sehr?«

Der Hühnerhirt wollte sich immer noch verstellen, doch der König ließ seinen Leibarzt rufen, der zog ihm die abgebrochene Spitze aus dem Bein, und die passte genau auf die Lanze des Invaliden. Nun kam es heraus, dass die drei Ritter niemand anderes gewesen waren als der Hühnerhirt und immer wieder der

Hühnerhirt. Der aber ging in den Wald und zog seine Prinzenuniform an und kam wieder und heiratete die Prinzessin und war jetzt König von Siebenstern. Das Schloss im Wald war nun auch erlöst. Die Pferde waren wieder Grafen, Ritter, Edelleute, Musikanten, Stallknechte und Hirten, und jeder zog seine Kleider an, die in dem Saale hingen, und alle gingen dem Hühnerhirten entgegen und gratulierten ihm.

Der neue König von Siebenstern machte sich nun auch das Riesenreich untertänig und ließ mitten durch Wald und Feld einen schönen breiten Weg machen; auf dem kam der alte König von Oranien gefahren, als er seinen ersten Enkel aus der Taufe hob.

Die Mandelkörbchen

Ein Bauer hatte drei Söhne, die mussten tüchtig arbeiten und ihrem Vater Geld verdienen helfen. Eines Tages schickte er sie in den Wald zum Roden, aber anstatt zu arbeiten, spielten die zwei älteren mit Murmeln. Als es gegen Mittag ging, wollten sie schnell noch ein wenig nachholen, doch da brach dem einen die Hacke und dem andern die Axt. Da standen sie nun und lamentierten, denn sie wussten wohl, dass es Schläge geben werde, wenn sie nach Hause kämen. Als sie so weinten, kam ein Greis daher, der fragte: »Ihr Buben, was fehlt euch?« Da klagten sie ihm ihr Leid, und er sprach: »Ihr könnt drei Wünsche tun, die sollen euch alsobald erfüllt werden, aber gebt Acht und seid nicht zu rasch, damit ihr euch das Rechte wünscht.«

»Ich wünsche mir eine neue Hacke«, rief der Älteste sogleich, und da lag die Hacke vor ihm. »Ich wünsche mir eine schöne Frau«, sprach der Zweite, und da kam sie schon daher.

»Ich wünsche mir ein Schloss mit einem Garten, worin ein Mandelbaum steht; wer von dessen Früchten isst, der muss sofort gesund werden«, sprach der Dritte, welcher der Jüngste war, und da stand das Schloss schon da. Jetzt zog die ganze Familie zu dem Jüngsten, der Vater und die zwei Älteren.

Als sie so eine Zeit lang in dem schönen Schloss gewohnt hatten, wurde des Königs Tochter krank, und kein Arzt konnte sie wieder gesund machen. Da ließ der König ausrufen, wer die Prinzessin vom Tode errette, der solle sie zur Gemahlin haben. Als das der Bauer hörte, dachte er gleich an den Mandelbaum, brach ein Körbchen voll frischer Mandeln ab und gab es seinem ältesten Sohn, dass der es in das Schloss des Königs trage. Der nahm es und ging der Stadt zu. Unterwegs begegnete ihm ein graues Männchen, das frug ihn: »Was hast du in deinem Körbchen?«

»Nichts«, sagte der Junge, und das Männchen sprach: »Ist es nichts, dann bleibt es nichts.« Der Junge lachte und ging weiter und kam in das Schloss zum König und gab ihm das Körbchen, das mit einem reinen, weißen Tüchlein verdeckt war. »Mein Vater lässt grüßen, und hier wären die Mandeln, um die Königstochter damit gesund zu machen«, sprach er, und der König war über die Maßen froh und deckte das Tüchlein auf – aber das Körbchen war leer. Da wurde der König böse, warf den Jungen vor die Tür und ließ ihm von seinem Kammerdiener fünfundzwanzig Schläge überziehen. Damit konnte er nach Hause gehen. Als er aber heimkam, da gab ihm sein Vater noch einmal fünfundzwanzig, sodass er im Ganzen fünfzig hatte und die Mandeln und das Männchen und den König in Grund und Boden hinein verwünschte. Das war auch ein schlechter Botenlohn.

Am anderen Morgen sprach der zweite Sohn, er wolle es schon besser machen, und der Vater füllte ihm das Körbchen mit Mandeln, und er zog ab. Nicht weit von der Stadt kam das graue Männchen auch zu ihm und frug: »Was hast du in deinem Körbchen?«

»Nichts!«, sagte der Junge unwirsch, und das Männchen sprach: »Gut, dann sollst du auch nichts haben.« Der Junge spottete dem Männchen nach und lachte und ging in die Stadt zum König und bot ihm das Körbchen mit dem weißen Tuch verdeckt, indem er sagte: »Einen schönen Gruß vom Vater an den Herrn König, und hier wären die Mandeln, um die Jungfer Prinzessin gesund zu machen.«

»Lass einmal sehen«, sagte der König und hob das Tüchlein auf und das Körbchen war leer. »Was?«, rief der König, »willst du mich auch zum Narren halten? Wart, du sollst lernen, was frische Mandeln sind!« Und er ließ den Kammerdiener kommen, und der gab dem Jungen fünfzig Mandeln um die Ohren, aber die waren so bitter, dass sie ihm das Wasser in die Augen trieben. »Wie schmeckten die?«, frug der König. »Schlecht!«, rief der Junge und lief nach Haus, und da bekam er von seinem Vater noch fünfzig dazu. Das machte zusammen hundert und war ihm mehr als zuviel. Der Jüngste war zwar nicht so schön von Angesicht wie seine zwei Brüder, doch er hatte ein Herz, das war um so viel schöner. Dieser sprach am andern Morgen, er wolle es auch versuchen mit den Mandeln, vielleicht habe er mehr Glück. »Tu's«, sprach der Vater, »aber wenn du wiederkommst wie deine Brüder, dann schlag ich dich butterweich.«

»In Gottes Namen«, sprach der Jüngste, und der Vater machte ihm ein Körbchen voll Mandeln zurecht und legte ein weißes Tüchlein drauf, und der Junge machte sich auf den Weg. Bald begegnete ihm das Männchen und frug ihn, was er in dem Körbchen habe. »Mandeln, um die Königstochter gesund zu machen«, sprach er. »Willst du vielleicht ein paar haben, es kommt nicht darauf an, denn ich habe doch genug.«

»Ich danke dir«, sprach das graue Männchen. »Weil du aber so gut bist, so will ich dich belohnen. Wenn du mit diesem Pfeifchen pfeifst, dann hast du alles, was dein Herz begehrt.«

Mit den Worten überreichte das Männchen ihm ein Pfeifchen, und fort war's.

Der Junge ging jetzt in die Stadt und gerade auf das Schloss zu und zum König. »Einen schönen Gruß vom Vater, und hier wären die Mandeln, womit ich die Prinzessin gesund machen kann«, sprach er und bot dem König sein Körbchen. Der König deckte es auf, und da lagen die schönsten Mandeln darin, die man mit Augen sehen kann, und lachten ihn ordentlich an. Er ging gleich damit zur Prinzessin, und kaum hatte sie eine gegessen, da wurde ihr schon wohler, und als sie drei gegessen hatte, da war sie schon halb gesund. Jetzt wollte der Jüngste sie auch zur Frau haben, aber der König sprach: »Nein, noch nicht, du musst erst drei Aufgaben erfüllen, wenn du das vollbringst, dann ist die Hochzeit.« Das sagte er aber, weil ihm der Jüngling als Schwiegersohn nicht gefiel. Dieser frug, was das für Aufgaben seien. Da sprach der König: »Draußen steht ein Maß Hirse, die lasse ich jetzt säen, und du musst bis morgen alle Körner zusammenlesen, so dass das Maß wieder ganz voll ist.«

Das betrübte den Jüngling anfangs, doch er erinnerte sich bald seines Pfeifchens und dachte, das müsse ihn retten. Er ließ die Hirse ruhig säen, setzte sich auf den Acker und pfiff. Da krabbelte ihm etwas am Bein, das war der Ameisenkönig, und der sprach: »Was befiehlst du, das ich tun soll?«

»Sei so gut und lies die Hirse zusammen«, sprach der Jüngling, und da erteilte der Ameisenkönig seine Befehle, und ehe es Abend wurde, war das Maß Hirse wieder voll, so dass kein Körnchen daran fehlte.

Das ärgerte den König, darum machte er die zweite Aufgabe viel schwerer. Er ging mit dem Jüngling ans Meer und warf einen Schlüssel hinein, wo es gerade am allertiefsten war. »Den Schlüssel sollst du mir wieder beschaffen!«, sprach er zum Jüngling. »Und wenn du das nicht kannst, dann bekommst du meine Tochter nicht.«

»Ich will sehen, ob ich's kann«, sprach der Jüngling und setzte sich ans Meer, und als es Abend war, da pfiff er auf seinem Pfeifchen. Alsbald regte sich's im Wasser, und ein Fisch mit einer Krone auf dem Kopf schaute aus dem Wasser und sprach: »Ich bin der Fischkönig, was befiehlst du, das ich tun soll?«

»Sei so gut und lass mir den Schlüssel holen, den der König ins Meer geworfen hat«, sprach der Jüngling. Da ließ der Fischkönig alle Fische zusammenkommen und gab ihnen auf, den Schlüssel zu suchen, und wer ihn bringe, der bekäme ein gutes Trinkgeld. In einem Augenblick schossen die Fische auseinander, und bald kam einer aus der tiefsten Tiefe herauf und hatte den Schlüssel im Maul und gab ihn dem Fischkönig, und der gab ihn dem Jüngling, welcher sich freundlich dafür bedankte.

Nun ärgerte sich der König erst recht und sann von neuem, um etwas noch viel Schwereres auszusinnen. Es dauerte auch nicht lange, da hatte er's gefunden. Er ließ den Jüngling kommen und sprach: »Wenn du nun auch hundert Schafe einen Monat lang auf einem Fleck weidest, ohne dass sie magerer oder fetter werden und ohne dass du eines von ihnen verlierst oder dass ihrer mehr werden, dann bekommst du meine Tochter ganz gewiss.« Der Fleck war aber so klein, dass die hundert Schafe kaum darauf stehen, viel weniger ordentlich darauf weiden konnten, und außerdem war das Gras sehr dünn gesät. Doch das ängstigte den Jüngling nicht; er trieb die Schafe hinaus und abends herein und pfiff lustig dazu, ließ sie gar übers Stadttor springen, wenn es geschlossen war, und im Schlosshof aufmarschieren wie ein halbes Bataillon Soldaten, so dass jedermann seine Freude daran hatte. Mitunter verlief sich wohl eins, oder es starb eins, doch das tat nichts, denn sobald er pfiff, warf ein anderes ein Junges, welches alsbald wuchs und so groß ward wie die andern. Kurz, der Jüngling brachte auch diese Aufgabe zustande, und da konnte der König, wie sehr er sich auch ärgerte, doch nichts weiter einwenden und musste ihm seine Tochter zur Frau geben. Die Heirat aber wurde sehr prächtig gefeiert, und der Jüngling war glücklich für sein Leben lang. Als er später König wurde, machte er seinen Vater zum Minister und gab auch seinen Brüdern hohe Stellen, so dass sie alle gut versorgt waren.

Die verwünschten Prinzessinnen

Ein Korporal und elf Soldaten, welche von einem Posten miteinander ausgerissen, kamen auf ihrer Flucht zu einem stattlichen Schlosse, das einsam am Walde lag. Sie gingen hinein, sahen und hörten aber keinen Menschen.

In dem ersten Zimmer, welches sie betraten, stand nichts als ein Tisch, umgeben von zwölf Stühlen, auf die sie sich ermüdet setzten. Während des Sitzens gewahrte der Korporal ein kleines Horn, das unter dem Tische hing, und blies daraus einige Töne. Da fragte eine unsichtbare Frauenstimme: »Was beliebt, meine Herren?« Weil sie großen Hunger hatten, baten sie um Nachtessen, worauf die Stimme sprach: »Gleich, meine Herren!«, und augenblicklich der Tisch voll köstlicher Speisen und Getränke stand. Als die Männer sich daran gelabt, wünschten sie ein Spiel zu machen; der Korporal stieß ins Horn, die Stimme fragte wie das erste Mal und sobald sie, auf das Begehren von Karten, »gleich, meine Herren« gesagt hatte, lagen jene, nebst zwölf Häuflein Geld, auf dem Tische. Nach dem Spiel blies der Korporal wieder, die Stimme fragte wie gewöhnlich und eröffnete den um Nachtlager Bittenden, dass in dem anstoßenden Saale zwölf gute Betten, das mit dem schönen Umhang für den Korporal, bereitstünden.

Kaum hatten sich die Soldaten in die Betten gelegt, so schliefen sie ein; der Korporal aber, welcher der Sache nicht recht traute, zwang sich, wach zu bleiben. Um zwölf Uhr hörte er in dem Saal Schuhgeschlürfe und sah eine weiße Frau, die zu ihm ans Bett kam und sich quer darüber legte, indes sie sprach: »Fürchte dich nicht, es geschieht dir kein Leid.« Sie eröffnete ihm hierauf Folgendes. Sie sei eine Prinzessin und mit elf ihresgleichen in dieses Schloss verwünscht, wo sie im Springbrunnen des Gartens als Fische sich aufhalten müssten. Weil er und seine Gefährten zu zwölfen von einem Posten miteinander ausgerissen, könnten sie sie erlösen, wenn sie ein Jahr lang ohne Unterbrechung im Schlosse blieben und währenddessen von allen Begierden nach Frauen sich frei hielten. Fehlen würde es ihnen hier an nichts, da sie nur in das Horn blasen dürften, um alles, was sie wollten, zu erhalten. Wenn sie die Erlösung vollbrächten, bekämen sie das Schloss mit all seinen unermesslichen Schätzen, und jeder diejenige Prinzessin, welche er erlöst habe, der Korporal sie selbst zur Ehe. Dies alles solle er seinen Genossen eröffnen und ihr in der nächsten Nacht, wo sie wiederkommen werde, Antwort sagen. Als die Soldaten die Sache erfuhren, erklärten sich alle zu dem Unternehmen bereit, was der Korporal der Prinzessin zu ihrer großen Freude kundtat.

Neun Monate lebten die Männer im Schlosse zufrieden und vergnügt, und die Prinzessinnen hatten im Brunnen schon bis zu den Knien hinab ihre menschliche Gestalt erhalten; endlich aber fühlte einer der Soldaten Begierden nach Frauen, und als er dies äußerte, teilten alle, außer dem Korporal, seine Gelüste. Hierüber erschrak dieser sehr und klagte, dass nun die Prinzessinnen um ihre nahe Erlösung, sie selbst aber um ihr Glück gebracht seien.

In der folgenden Nacht kam die Prinzessin kohlschwarz an sein Bett und jammerte, dass sie und ihre Genossinnen nun noch lange nicht erlöst werden könnten, da sie wieder auf zwölf Mann, die so miteinander ausrissen, warten müssten, das Holz zu deren Wiegen aber noch nicht einmal gehauen sei. Die Soldaten, sagte sie ferner, müssten am nächsten Morgen das Schloss verlassen, sonst würde jeder von der Prinzessin, zu deren Befreiung er bestimmt gewesen, umgebracht; ihm, dem Reingebliebenen, könne sie nichts anhaben, und weil er sich so gut und wohlmeinend benommen, solle er reichlich belohnt werden. Wenn er mit den Soldaten aus dem Schlosse gegangen, möge er allein in dasselbe zurückkehren, wo sie im Gang an einer Zimmertüre stehen und einen Bund Schlüssel auf den Boden werfen werde; mit demjenigen Schlüssel, welcher gegen ihn gerichtet sei, solle er das Zimmer öffnen und von den Schätzen darin so viel nehmen als er nur könne. Nachher müsse er den Bund vor sie hinwerfen und sich aus dem Schlosse fortbegeben.

Als er dieses in der Frühe mit den Soldaten verlassen hatte, sagte er am Garten, er müsse sich nun von ihnen trennen und in eine gewisse Stadt gehen, wo sie, wenn sie einmal hinkämen, in dem besten Wirtshaus ihn treffen würden. Die Soldaten zerstreuten sich darauf hier- und dorthin; er aber eilte zurück, wo er alles fand und tat, wie die Prinzessin ihm gesagt hatte. Mit Reichtümern beladen gelangte er nachher in die bezeichnete Stadt. Dort kaufte er das vorzüglichste Gasthaus und heiratete des Wirtes einzige Tochter, mit welcher er in aller Liebe und Freude lebte. Nach Verlauf mehrerer Jahre kamen die elf Soldaten in großer Armut zu ihm und verlangten, dass er sie in das Schloss begleite, wo sie diesmal die Erlösung der Prinzessinnen gewiss vollbringen wollten. So sehr er auch diesem Vorhaben sich widersetzte, waren dennoch die Soldaten nicht davon abzubringen, weshalb er endlich, seine baldige Rückkunft vorhersagend, mit ihnen ging.

Im Schloss fanden sie im ersten Zimmer, statt der zwölf, nur einen Stuhl; derselbe stand am Tische, worauf auch nur ein Gedeck lag. Der Korporal blies ins Horn, welches noch am alten Platze hing, worauf die unsichtbare Stimme fragte: »Was beliebt, mein Herr?« Er bat um Nachtessen, die Stimme erwiderte: »Gleich, mein Herr!«, und alsbald erschien auf dem Tische Speise und Trank, aber für den Korporal allein. Ebenso kam, als er später Karten begehrte, nur für ihn ein Häuflein Spielgeld. Dieser schlimmen Vorzeichen und der wiederholten Warnung des Korporals ungeachtet, beharrten die Soldaten auf ihrem Vorsatze, im Schlosse zu bleiben. Nachdem jener wegen eines Nachtlagers geblasen, sagte die Stimme, dort werde er sein voriges Bett bereit finden. Dieses allein war in dem Saale noch vorhanden; der Korporal legte sich darein, jeder Soldat aber auf den Platz des Bodens, wo früher sein Bett gestanden.

Um Mitternacht kam die schwarze Prinzessin wieder, legte sich, wie jedes Mal, quer über das Bett des Korporals – der, während die andern schliefen, absichtlich wachte – und sagte ihm, die Soldaten müssten heute Nacht alle sterben, ihm aber geschehe kein Leid, ja, er könne, ehe er morgen aus dem Schlosse gehe, sich einen zweiten Schatz holen, wenn er alles wie bei Erlangung des ersten tue. Der Korporal bat, so sehr er konnte, für seine Gefährten, allein die Prinzessin entgegnete, dass deren Tod unabwendbar sei, worauf sie ihn verließ und er augenblicklich einschlief. Als er am Morgen erwachte, lagen die Soldaten tot auf ihren Plätzen. Entsetzt eilte der Korporal hinaus, holte jedoch, ehe er das Schloss verließ, sich noch den Schatz und kam damit glücklich nach Hause.

Die erlöste Schlange

Eines Morgens, in aller Frühe, ging ein Bauer ins Feld zur Arbeit. Die Sonne stieg auf und es wurde immer heißer, da legte er sein Wams ab und neben sich auf die Erde. Als die Glocke elf schlug, wollte er es wieder anziehen, um nach Hause zu gehen. Zu seinem Schrecken sah er, dass eine Schlange darauf lag. Er schüttelte das Wams, doch sie war nicht wegzubringen, sie war wie angezaubert. Schon wollte der Bauer einen derben Fluch ausstoßen, da sprach die Schlange: »Ich weiche nicht von dir und deinem Wams, bis du mir versprochen hast, mich zu heiraten.« Das schien dem Bauern doch bedenklich und er sprach: »Das Heiraten ist eine wichtige Sache, welche man nicht so ohne weiteres abmacht. Ich will mich darüber besinnen und dir dann die Antwort geben.«

Er ging ins Dorf, besuchte den Pfarrer und fragte ihn, was er in der Sache tun solle. Der Pfarrer besann sich lange, las in einem großen Buch und sprach: »Gehe zurück und versprich der Schlange, sie zu heiraten. Sie wird dann heute Nacht zu dir kommen, und wenn du Mut hast, so ist dein Glück gemacht. Du musst sie um Schlag zwölf mit beiden Händen fassen und über deinem Kopf in die Höhe halten. Du darfst sie keinesfalls loslassen, komme was da wolle.« Rasch kehrte der Bauer in das Feld zurück und sprach zu der Schlange: »Ich will dich heiraten.« Da war sie außer sich vor Freude und bewegte sich ganz lustig, dann machte sie einen schönen Ring und war verschwunden.

Kaum hatte sich der Bauer abends zu Bett gelegt, da kam die Schlange in die Kammer und legte sich zu ihm. Er lag ganz ruhig bis zwölf Uhr. Beim ersten Glockenschlag packte er sie fest und hielt sie sich hoch über seinen Kopf. Sogleich flog die Tür auf und sechs große dicke Schlangen schnellten herein, auf das Bett zu. Da wurde es dem Bauern heiß und kalt, doch er fasste sich ein Herz und hielt durch, auch als die Schlangen sich an dem Bett heraufringelten und ihn mit ihren gespaltenen Zungen umzischten, als wollten sie all ihr Gift auf ihn speien. Das dauerte, bis es ein Uhr schlug, dann waren sie alle verschwunden. Die Schlange aber sprach: »Ich danke dir, mein Erlöser, dass du mich so treulich beschützt hast. Halte nur noch zwei Nächte also aus, dann bist du glücklich und ich noch mehr.« Damit verschwand sie und es war keine Spur mehr von ihr zu sehen.

Als der Bauer am folgenden Abend zu Bett ging, war die Schlange wieder bei ihm. Um zwölf Uhr fasste er sie abermals und hielt sie hoch empor. Da flog die Tür auf und zwölf dicke schwarze Schlangen wanden sich herein und an seinem Bett herauf und ringelten sich um ihn, bissen nach ihm und seiner Schlange. Obwohl er diesmal mehr Mut hatte, wurde ihm doch fast übel, als er das kalte Gewürm an sich fühlte. Doch er nahm sich zusammen, so gut er konnte, und hielt aus, bis die Glocke eins schlug. Da waren die Schlangen wie weggeblasen. Seine Schlange aber sprach: »Ich danke dir, mein Erlöser, dass du so treulich ausgehalten hast, jetzt ist nur noch eine Nacht übrig, dann bin ich erlöst und du bist glücklich all dein Leben lang.« Als sie das gesagt hatte, war sie verschwunden.

Abends lag sie wieder bei ihm und schaute ihn mit ihren klugen Augen so recht flehentlich an. Da wuchs ihm der Mut und er sprach zu sich selbst: »Ehe ich sie dem garstigen Gezücht preisgebe, lasse ich mich lieber selbst von ihm fressen.« Als es zwölf Uhr schlug, fasste er die Schlange und hielt sie hoch empor. Da sprang die Tür auf und in einem Augenblick war die ganze Kammer voll von den hässlichen Schlangen, die sich unaufhörlich bewegten, zischten und sich untereinander ringelten, dass es nicht zum Ansehen war. Der Bauer schloss die Augen und tat, als höre und sehe er nicht. Sie wanden sich ihm um Leib, Arme und Hals, zischten ihm ins Gesicht und bissen nach seiner Schlange. Aber er ließ sich das alles nicht anfechten. So ging es bis ein Uhr. Da hörte er einen schweren Schlag in dem nahen Walde und die Ungeheuer waren verschwunden. Auch die Schlange war ihm aus der Hand entschlüpft, dafür aber lag eine wunderschöne Königstochter neben ihm in seinem harten Bette. Sie sprach mit freundlichen Blicken: »Ich danke dir tausend Mal, mein lieber und guter Erlöser, dass du mich gerettet hast. Nun wähle: Willst du mein Gemahl werden oder hundert Wagen Gold haben?« Der Bauer rieb sich die

Augen, denn er glaubte nicht anders als das müsse ein Traum sein. Endlich sprach er: »Wenn Ihr mich zum Gemahl haben wollt, allerschönste Prinzessin, dann möchte ich das lieber als alles Gold auf der ganzen Welt.« Da bot sie ihm ihre Hand und er umarmte sie und küsste sie.

Am folgenden Morgen, als er die Fensterläden öffnete, da stand sein Häuschen in einem prächtigen Garten mit den schönsten Blumen und Bäumen, und nicht weit davon lag ein Königsschloss sowie eine große Stadt. Er wusste nicht, wo er stand und ob er wiederum seinen Augen trauen könne. Da sprach die Prinzessin: »Was du da siehst, ist alles dein, dein Schloss, dein Garten und dein Königreich.« Und sie führte ihn in das Schloss. Beide wohnten glücklich darin bis an ihr Lebensende.

Der wunderliche Spielmann

Es war einmal ein wunderlicher Spielmann, der ging durch einen Wald mutterseelenallein und dachte hin und her, und als für seine Gedanken nichts mehr übrig war, sprach er zu sich selbst: »Mir wird hier im Walde Zeit und Weile lang, ich will einen guten Gesellen herbeiholen.« Da nahm er die Geige vom Rücken und fiedelte eins, dass es durch die Bäume schallte. Nicht lange, so kam ein Wolf durch das Dickicht herbeigetrabt. »Ach, ein Wolf kommt! Nach dem trage ich kein Verlangen«, sagte der Spielmann; aber der Wolf schritt näher und sprach zu ihm: »Ei, du lieber Spielmann, was fiedelst du so schön! Das möcht ich auch lernen.« – »Das ist bald gelernt«, antwortete ihm der Spielmann, »du musst nur alles tun, was ich dich heiße.« – »O Spielmann«, sprach der Wolf, »ich will dir gehorchen wie ein Schüler seinem Meister.« Der Spielmann hieß ihn mitgehen, und als sie ein Stück Wegs zusammen gegangen waren, kamen sie an einen alten Eichbaum, der innen hohl und in der Mitte aufgerissen war. »Sieh her«, sprach der Spielmann, »willst du fiedeln lernen, so lege die Vorderpfoten in diesen Spalt.« Der Wolf gehorchte, aber der Spielmann hob schnell einen Stein auf und keilte ihm die beiden Pfoten mit einem Schlag so fest, dass er wie ein Gefangener liegen bleiben musste. »Warte da so lange, bis ich wiederkomme«, sagte der Spielmann und ging seines Weges.

Über eine Weile sprach er abermals zu sich selbst: »Mir wird hier im Walde Zeit und Weile lang, ich will einen andern Gesellen herbeiholen«, nahm seine Geige und fiedelte wieder in den Wald hinein. Nicht lange, so kam ein Fuchs durch die Bäume dahergeschlichen. »Ach, ein Fuchs kommt!«, sagte der Spielmann. »Nach dem trage ich kein Verlangen.« Der Fuchs kam zu ihm heran und sprach: »Ei, du lieber Spielmann, was fiedelst du so schön! Das möcht ich auch lernen.« »Das ist bald gelernt«, sprach der Spielmann, »du musst nur alles tun, was ich dich heiße.« – »O Spielmann«, antwortete der Fuchs, »ich will dir gehorchen wie ein Schüler seinem Meister.« – »Folge mir«, sagte der Spielmann, und als sie ein Stück Wegs gegangen waren, kamen sie auf einen Fußweg, zu dessen beiden Seiten hohe Sträucher standen. Da hielt der Spielmann still, bog von der einen Seite ein Haselnussbäumchen zur Erde herab und trat mit dem Fuß auf die Spitze, dann bog er von der anderen Seite noch ein Bäumchen herab und sprach: »Wohlan, Füchslein, wenn du etwas lernen willst, so reich mir deine linke Vorderpfote.« Der Fuchs gehorchte, und der Spielmann band ihm die Pfote an den linken Stamm. »Füchslein«, sprach er, »nun reich mir die rechte«. Die band er ihm an den rechten Stamm. Und als er nachgesehen hatte, ob die Knoten der Stricke auch fest genug waren, ließ er los, und die Bäumchen fuhren in die Höhe und schnellten das Füchslein hinauf, dass es in der Luft schwebte und zappelte. »Warte da so lange, bis ich wiederkomme«, sagte der Spielmann und ging seines Weges.

Wiederum sprach er zu sich: »Zeit und Weile wird mir hier im Walde lang; ich will einen andern Gesellen herbeiholen«, nahm seine Geige, und der Klang erschallte durch den Wald. Da kam ein Häschen dahergesprungen. »Ach, ein Hase kommt!«, sagte der Spielmann. »Den wollte ich nicht haben.« – »Ei, du lieber Spielmann«, sagte das Häschen, »was fiedelst du so schön, das möchte ich auch lernen.« »Das ist bald gelernt«, sprach der Spielmann, »du musst nur alles tun, was ich dich heiße.« – »O Spielmann«, antwortete das Häslein, »ich will dir gehorchen wie ein Schüler seinem Meister.« Sie gingen ein Stück Wegs zusammen, bis sie zu einer lichten Stelle im Wald kamen, wo ein Espenbaum stand. Der Spielmann band dem Häschen einen langen Bindfaden um den Hals, wovon er das andere Ende an den Baum knüpfte. »Munter, Häschen, jetzt spring mir zwanzig Mal um den Baum herum«, rief der Spielmann, und das Häschen gehorchte, und wie es zwanzig Mal herumgelaufen war, so hatte sich der Bindfaden zwanzig Mal um den Stamm gewickelt, und das Häschen war gefangen. Es mochte ziehen und zerren, wie es wollte, es schnitt sich nur den Faden in den weichen Hals. »Warte da so lange, bis ich wiederkomme«, sprach der Spielmann und ging weiter.

Der Wolf indessen hatte gerückt, gezogen, an dem Stein gebissen und so lange gearbeitet, bis er die Pfoten frei gemacht und wieder aus der Spalte gezogen hatte. Voll Zorn und Wut eilte er hinter dem Spielmann her und wollte ihn zerreißen. Als ihn der Fuchs laufen sah, fing er an zu jammern und schrie aus Leibeskräften: »Bruder Wolf, komm mir zu Hilfe, der Spielmann hat mich betrogen.« Der Wolf zog die Bäumchen herab, biss die Schnüre entzwei und machte den Fuchs frei, der mit ihm ging und an dem Spielmann Rache nehmen wollte. Sie fanden das gebundene Häschen, das sie ebenfalls erlösten, und dann suchten alle zusammen ihren Feind auf.

Der Spielmann hatte auf seinem Weg abermals seine Fiedel erklingen lassen, und diesmal war er glücklicher gewesen. Die Töne drangen zu den Ohren eines armen Holzhauers, der alsbald, er mochte wollen oder nicht, von der Arbeit abließ und mit dem Beil unter dem Arme herankam, die Musik zu hören. »Endlich kommt doch der rechte Geselle«, sagte der Spielmann, »denn einen Menschen suchte ich und keine wilden Tiere.« Und fing an und spielte so schön und lieblich, dass der arme Mann wie bezaubert dastand und ihm das Herz vor Freude aufging. Und wie er so stand, kamen der Wolf, der Fuchs und das Häslein heran, und er merkte wohl, dass sie etwas Böses im Schilde führten. Da erhob er seine blinkende Axt und stellte sich vor den Spielmann, als wollte er sagen: Wer an ihn will, der hüte sich, der hat es mit mir zu tun. Da ward den Tieren angst und sie liefen in den Wald zurück, der Spielmann aber spielte dem Manne noch eins zum Dank und zog dann weiter.

Das Pfannenkuchenhäuslein

Zwischen Heilbronn und Neckarsulm ist ein Häuslein, genannt das »Pfannenkuchenhäuslein«, in dem es nicht geheuer ist.

An einem gewissen Tag im Jahr backt darin jemand, ein gespenstisches Wesen, Pfannenkuchen. Man fürchtet sich vor dem Häuslein, besonders macht man Kindern Angst damit.

Das kleine alte Männlein

Da ist einmal spät am Abend ein fremdes altes Männlein durchs Dorf gekommen und hat bei einer Bäuerin angeklopft und Herberge gesucht. Da kam er aber an die Unrechte, die Frau hatte wohl ihr Pfännchen Fett, aber sie war ein Geizdrache. Erst tat sie, als ob sie das Klopfen gar nicht hörte, aber als das Männchen gar nicht nachließ und noch lauter klopfte, legte sie sich ins Fenster und fragte: »Wer ist denn da?« – »Ein armer Wanderer hätte gern ein Unterkommen für die Nacht, es ist so kalt, dass man draußen nicht schlafen kann«, antwortete das Männchen. »Ich habe keinen Platz, sucht Euch anderswo ein Unterkommen«, und damit schlug die Alte das Fenster zu und hörte nicht weiter auf das Männlein, so viel das auch betteln und flehen mochte.

Zuletzt ging es ein Haus weiter, da wohnte eine arme Frau. Es klopfte, da tat sie das Fenster auf und fragte: »Was möchtet Ihr denn, Alterchen?« – »Ich hätte gern ein Unterkommen für die Nacht, es ist draußen so kalt.« Gleich kam die Frau an die Tür und führte ihn in das warme Kämmerchen, kochte ihm einen Brei von Milch und Mehl und brockte das letzte Stückchen Brot hinein, das sie noch im Schranke hatte. Dann ging sie und schüttelte ihren Strohsack tüchtig auf, damit das alte Kerlchen so gut läge wie möglich. Sie selbst schlief auf der Erde. Am andern Morgen war das Männchen schon früh auf und sprach, es müsste nun weiterziehen. Das litt aber die Frau nicht und kochte ihm erst noch einen Brei zum Frühstück. Als das Männchen den gegessen hatte, bedankte es sich freundlich und fragte nach seiner Schuldigkeit. »Ach«, sprach die Frau, »dafür will ich nichts haben, und wenn Ihr ein andermal nicht wisst, wo Ihr bleiben sollt, kommt nur wieder zu mir.« – »Ich danke Euch vielmals von ganzem Herzen und wünsche Euch, dass das Erste,

was Ihr heute beginnt, so wohl gelingt, dass Ihr den ganzen Tag nichts anderes tun könnt.« Mit den Worten schied es von der Frau, und sie ging rasch wieder ins Haus zurück und an die Arbeit, auf den Wunsch des Männleins hatte sie gar nicht mehr gehört.

Sie ging an ihren Kasten und wollte ein Stück Leinwand für ein Hemd abmessen; und sie maß Elle um Elle und maß und maß immerzu bis zum Mittag und den ganzen Nachmittag, und das Leinen nahm gar kein Ende, und die ganze Stube wurde davon voll; das hörte nicht eher auf, als bis es stichdunkel wurde, da kam erst das Ende. Dieser reiche Segen blieb auch der Nachbarin nicht lange verborgen. »Herr Gott im Himmel«, schrie sie und steckte den Kopf zum Fenster herein, »wo habt Ihr all das Leinen her? In meinem ganzen Leben habe ich ja noch nicht so viel Leinen beisammen gesehen!« Nun erzählte ihr die gute Frau von dem kleinen alten Männlein, und da wurde die Nachbarin ganz giftig und dachte bei sich: Muss dem Bettelpack solches Glück in den Schoß fallen; das hättest du auch haben können. Und sie rannte fort, um das Männlein zu suchen; sie war erst ein paar Schritte weit gegangen, da sah sie es schon von ferne heransocken. Im Nu war sie bei ihm und knickste und verbeugte sich und sprach: »Ach, lieber Herr, nehmt es mir doch bloß nicht übel, dass ich Euch gestern Abend nicht eingelassen und beherbergt habe. Tut mir doch den einzigen Gefallen und kehrt diesen Abend bei mir ein, Ihr macht mich zu dem glücklichsten Menschen auf der Welt!«

Das kleine alte Männchen war's zufrieden und ging mit ihr; die Bäuerin tischte auf von dem Allerbesten und machte ihm hernach ein reiches Bett zurecht, worin es schlief wie ein Prinz. Und kaum hatte es sich am andern Morgen aus den Federn gemacht, da brachte ihm seine Wirtin schon Kaffee und Biskuit. Er dankte für alles recht höflich und fein. Und als er sein Frühstück verzehrt hatte, fragte er nach seiner Schuldigkeit. »Oh«, antwortete die Frau, »meint Ihr denn, ich wollte etwas haben für die Bewirtung? Gott bewahre, daran habe ich nicht im mindesten gedacht; im Gegenteil, ich wünschte nur, Ihr machtet mir recht oft die Freude, bei mir einzukehren.« – »Das wird kaum möglich sein«, sprach das Männlein, »aber ich danke Euch doch herzlich für Euern guten Willen und wünsche nur, dass das Erste, was Ihr diesen Morgen tut, den ganzen Tag fortdauert und Ihr nichts anderes tun könnt.« Damit empfahl sich das Männchen, und die Alte wünschte ihm glückliche Reise.

Kaum war der Gast zur Tür hinaus, da lief die Frau in die Kammer, sie wusste schon, was sie tun würde: Geld zählen! Aber gerade als sie zum Geldkasten gehen wollte, fingen die Ferkel an zu grunzen. Warte, dachte sie aus alter Gewohnheit, de-

Absender (bitte gut lesbar schreiben!):

Name ______________________

Straße ______________________

PLZ, Ort ______________________

Beruf ______________ Alter ______

Für Silberburg-Bücher interessiert sich auch:

Bitte als
Postkarte
frankieren

Postkarte – Antwort

Silberburg-Verlag
Titus Häussermann GmbH
Schönbuchstraße 48

D-72074 Tübingen

nen willst du erst flink noch Wasser geben. Aber nun pumpte und trug und schüttete sie Wasser den ganzen Tag in einem fort, bis es stichdunkel wurde und Ferkel und Stall und Haus und Bäuerin und alles fortgespült wurden und nicht mehr zu sehen und zu retten waren.

Andere erzählen, die Bäuerin hätte gar nicht erst den Ferkeln Wasser bringen wollen, sie hätte, wie sie gerade ans Geldzählen gehen wollte, ein dringendes Bedürfnis verspürt und sei, um das rasch noch abzumachen, hinters Haus in den Garten gelaufen; da habe sie gar nicht wieder aufhören können und sitzen müssen, bis es dunkel war und ein großer See hinter dem Haus entstanden sei. Der See soll noch jetzt da sein.

Wie der Teufel auf der Flöte blies

Dem Teufel fiel einmal in der Hölle die Zeit lang und er wollte eine Lustfahrt auf die Erde machen. Damit er aber nicht allein sei (denn das ist seine Leidenschaft nicht, er liebt die Gesellschaft sehr), nahm er sein jüngstes Söhnchen mit, ein kleines, schwarzes, neugieriges Nestquackelchen. Sie fuhren durch eine Felsenhöhle heraus und kamen in einen Wald. Da gefiel es dem kleinen Teufelchen gar nicht übel, es sprang herum, kletterte auf die Bäume, hing sich an sein Schwänzchen, wie die Meerkatzen tun, und trieb allerlei närrisches Zeug. Sie kamen unter eine große Eiche, wo ein Mann in grünem Rock und grüner Mütze lag und schlief; neben ihm hing eine Tasche am Baum, daraus guckten allerlei Getier, Hasen, Schnepfen und wilde Enten, und neben der Tasche stand ein Gewehr. Das Teufelchen lief hinzu und beschaute alles recht genau, nahm das Gewehr und frug seinen

Vater, was das für ein Ding sei. Der alte Teufel legte die Stirn in Falten und sprach: »Das ist eine Flöte, mein Sohn, wenn die Menschen darauf spielen, dann läuft das wilde Getier zu ihnen, und sie brauchen es nur zu fangen.« – »Das muss ich sehen«, rief das Teufelchen, »und du sollst mir eins aufspielen.« – »Dazu gehören ihrer zwei, mein Sohn, einer, der bläst, und der andre, der fingert.« – »Dann blase du und ich will fingern«, sprach der Nestquackel, und der Alte musste das Rohr an den Mund legen, er mochte wollen oder nicht, denn er hatte den kleinen Kerl sehr verzogen. Der Alte blies, und der Nestquackel fingerte und fingerte, aber es wollte kein Ton kommen. »Du musst auf die Klappen drücken, dummer Junge«, rief der Alte. Das Teufelchen drückte auf den Hahn, da tat es einen Schlag, dass der Alte zu Boden stürzte, denn die ganze Ladung Schrot war ihm in den Hals gefahren; der Junge aber lief weg vor Schrecken. Der Alte erholte sich bald wieder und lief seinem Buben nach, denn der Mann war erwacht von dem Knall des Gewehres. »Das war kein schöner Ton«, sprach der Nestquackel. »Du hast auf die unrechte Klappe gedrückt«, sagte der Alte, »und die Flöte war staubig, da ist mir all der Staub in den Hals gefahren.«

Die Pelzmühle in Tripsdrill

Man möcht's fast für gewiss halten, dass es auf der ganzen Welt keinen gibt, den man fragen müsste, ob er das Märchen von der Altweiber- oder Pelzmühle in Tripsdrill kenne. Es ist das schönste Märchen, das sich das sonderliche, sinniererische Schwabenvolk erdichtet hat – nebst jenem andern derb-humorvollen Spiegelbild, den Abenteuern der sieben Schwaben. Allein schon den

Ortsnamen Tripsdrill hält man für eine phantasievolle Erfindung, um damit das Sankt-Nimmerleins-Land und Nirgendheim zu bezeichnen. Derweil liegt das kleine spaßige Nest mitten im württembergischen Ländle am Fuß des Michaelsberges; wenn auch für denjenigen, den der Wunderfitz hintreibt, »Treffentrill« auf dem Wegzeiger steht.

Es seien schon viele – so will die Überlieferung wissen, ob du's nun glauben magst oder nicht – dreihundert und mehr Jahre lang dahin gezogen, gehumpelt, gekrochen oder auch auf Schubkarren und Leiterwagen gefahren worden – nämlich alte Jungfern und Witwen, gebrechliche Weiblein und runzelige Ehefrauen, um sich in der Wunder wirkenden Altweibermühle wieder jung mahlen zu lassen, sich in der Wünsche erfüllenden Pelzmühle zu Tripsdrill wieder ein jugendfrisches glattes Pelzchen, sage Häutchen, anwalken zu lassen. Ja, so war das: Wenn man auch ein noch so altes, verhutzeltes Weibchen war, man konnte in der schwäbischen Wundermühle wieder jung und hübsch, schlank und knusper werden – wenn man dafür keine Mühe, keinen Schmerz und kein Opfer scheute, fest und ohne Wanken an das Wunder glaubte und bereit war, für das große Glück ewiger Jugend und Schönheit jeden Preis zu bezahlen.

Mutig stiegen einstmals die alten Weiblein die Treppe zum Mahlgang hinauf, ließen sich oben in den hölzernen Trichter stecken, ließen sich im polternden Mahlgang durchrütteln, schütteln und kneten und hüpften unten rank und schlank, rosig und jung heraus, geradewegs in die Arme der Männer und Junggesellen, die unterm Tor der Pelzmühle auf sie warteten. Da wurde dann geküsst, gelacht und getanzt bis in die späte Nacht, und fröhlich und guter Dinge zogen die glücklichen Paare nach Hause.

Es muss verschwiegen bleiben, wie es auf- und zugeht in der Pelzmühle zu Tripsdrill, sonst ist es um das verjüngende Wunder geschehen.

Märchen muss man glauben, dann werden sie wahr und gehen in Erfüllung. Und wer zu viel und alles haarklein wissen will, braucht gar nicht erst in die Pelzmühle zu gehen. Vorwitzige, aufdringliche Frager, denen man die Wahrheit nicht sagen will, verweist man noch heute landauf, landab nach Tripsdrill. Möchte jemand gar zu gern wissen, wo dies oder jenes passiert ist oder wo man die und jenen finden kann, so speist man ihn mit dem Spruch ab: »Z' Tripsdrill en dr Pelzmühl, wo mr de alte Weiber jong mahlt!«

Die Sage vom Ottilienberg

Das Frauenkloster auf dem Ottilien- oder Jägersberg bei Eppingen ist einst von der heiligen Ottilie gestiftet und eine Zeit lang regiert worden. Im Schwedenkrieg wurde es zerstört, nachdem die Nonnen Geld und Glocke auf dem Berg vergraben und dann geflüchtet waren. An dem Platz, wo der Geldschatz verborgen lag, gingen nachher eine weiße Frau und eine weiße Ziege als Geister um. Sie hatten beide einen Bund Schlüssel um den Hals hängen. Wegen dieses Spuks blieb der Pachthof, in den das Kloster später umgewandelt wurde, lange Zeit unbewohnt.

Da geschah's, dass es dem Kuhhirten des benachbarten Dorfes Mühlbach drei Nächte nacheinander träumte, er solle auf die Heidelberger Brücke gehen, dort werde er sein Glück machen. Unverweilt begab er sich dahin. Er stand dort einen halben Tag und wartete auf das ihm verheißene Glück. Da kam ein Heidelberger Bürger vorüber und fragte ihn, worauf er denn hier so lange warte. Der Kuhhirt erzählte ihm seinen Traum, worauf der Mann entgegnete: »Ach, auf Träume ist nicht zu gehen. Mir hat auch geträumt, auf dem Ottilienberg sei unter dem Waschkessel viel Geld verborgen, derweil weiß ich nicht einmal, wo dieser Berg liegt.« Mit dieser Nachricht wohl zufrieden kehrte der Kuhhirt nach Hause zurück, suchte auf dem Ottilienberg an der bezeichneten Stelle und fand den Geldschatz. Unverzüglich machte er sich mit ihm außer Landes. Seitdem sind die weiße Klosterfrau und die weiße Ziege vom Berge verschwunden und der Pachthof wieder bezogen.

Später einmal sah ein Knecht des Hofpächters beim Ackern das Öhr der Glocke aus dem Boden ragen; als er aber am andern Tag nach der Glocke grub, war sie nicht mehr zu finden.

Die drei Schwanenfrauen im See bei Wimpfen

Vor langer Zeit lebten am Grund eines Sees bei Wimpfen in ihrem Kristallpalast drei Schwanenfrauen. Man sah sie oft als Schwäne auf dem See schwimmen.

Nun lebte in der Nähe des Sees eine Witwe mit ihrem einzigen Sohn. Dieser saß an stillen Sommerabenden oft am Ufer des Sees, dabei sah er immer wieder den Schwänen zu. In einer Vollmondnacht saß er länger als gewöhnlich am See. Da schwammen plötzlich die drei Schwäne zu ihm ans Ufer und sprachen mit menschlicher Stimme: »Wisse, wir sind drei Schwanenfrauen und wohnen auf dem Grunde des Sees. Willst du nicht mit uns in unseren Kristallpalast kommen? Du wirst bei uns ein schönes Leben haben und wir werden dich unsere Weisheiten lehren.« Der Jüngling konnte sich nicht sofort entschließen, mit hinunterzugehen. Doch ging er jeden Abend an den See in der Hoffnung, mit den Schwanenfrauen reden zu können. Er musste jedoch bis zu nächsten Vollmondnacht warten. Wieder schwammen die Schwäne zum Ufer und fragten ihn erneut, ob er mit ihnen kommen wolle. Wiederum konnte sich der Jüngling nicht entschließen. In der dritten Vollmondnacht kamen die Schwäne wieder ans Ufer, sie warfen ihre Schwanenkleider ab und vor ihm standen drei wunderschöne Jungfrauen. Da erfasste ihn eine so große Sehnsucht, dass er sich entschloss, mit in ihren Kristallpalast hinunterzugehen.

Er erlebte eine so schöne Zeit wie nie zuvor. Es war, wie sie ihm versprochen hatten, ein wunderschönes, angenehmes Leben. Gleichzeitig lehrten sie ihn ihre Weisheiten, die Geheimnisse der Kräuter, den Lauf der Gestirne und die Geheimnisse des Verborgenen.

Nach einiger Zeit, es schien ihm, als ob drei Wochen vergangen waren, machte er sich Sorgen um seine Mutter, von der er sich nicht verabschiedet hatte. Da reichten ihm die Schwanenfrauen einen Spiegel, in dem er seine Mutter sehen konnte. Er war sehr bestürzt, als er sie in großem Kummer weinend in ihrer Stube sitzen sah. Er sprach zu den Schwanenfrauen: »Ich muss zu meiner Mutter, doch werde ich wieder zurückkommen.« Da erwiderten die Schwanenfrauen: »Wenn du uns nun verlässt, kannst du nicht mehr zu uns zurückkehren, du musst auf der Erde bleiben.« Die Sehnsucht des Jünglings nach seiner Mutter war so groß, dass er auf die Worte nicht hörte und sich auf die Erde bringen ließ.

Der Jüngling wurde ein großer Arzt, der den Menschen mit seinem Wissen mit Rat und Tat zur Seite stand. Doch zeit seines Lebens trug er in seinem Herzen die Sehnsucht nach den drei Schwanenfrauen in ihrem Kristallpalast.

Von der schönen Schwanenjungfer

In Frankreich war ein junger Jägerbursche, der war der beste Schütze weit und breit. Aber an einem Tage ging er bis zum Abend im Wald umher und konnte nicht zum Schuss kommen. So kam er endlich mitten in der Wildnis an einen großen, schönen See, darauf schwamm ein Schwan, blank und silberweiß, wie er noch keinen gesehen hatte. Er legte rasch seine Armbrust an und zielte auf den Vogel. Da rief eine Stimme: »Schieß nicht, sonst kostet es dich dein Leben!«

Er erschrak und setzte ab, besann sich aber kurz und legte wieder an. Doch zum anderen Mal rief es: »Schieß nicht, sonst kostet es dich das Leben!«

Er ließ nochmals die Armbrust sinken, legte aber zum dritten Male an und dachte: »Diesmal schieße ich darauf, mag rufen, wer da will.«

Aber noch ehe er geschossen hatte, schwamm auf einmal statt des Schwanes eine wunderschöne Jungfrau auf dem Wasser, die sprach zu ihm: »Du wirst mich erlösen und wirst glücklich sein, wenn du ein Jahr lang alle Sonntage ein Vaterunser für mich betest und nie von meiner Schönheit sprichst.« So sprach sie und verschwand. Der Jägerbursche aber ging verwundert nach Hause und sprach von dem Tag an alle Sonntage ein Vaterunser für die Schwanenjungfer.

Als nun das Jahr fast verstrichen war, trug es sich zu, dass der König von Frankreich ein großes Vogelschießen ansagen und dabei verkünden ließ, dass der beste Schütze seine eigene Tochter als Preis bekommen solle. Alle Jäger im ganzen Land kamen natürlich herbei und unser Jägerbursche auch. Der schoss aber dem Vogel mitten ins Herz hinein, und weil keiner ihm den Schuss nachtun konnte, war er Schützenkönig und sollte die

Königstochter von Frankreich heiraten. Nun kam er in große Not, weil er der Schwanenjungfrau in Treue gedachte und von keiner anderen etwas wissen wollte.

»Ich will das Glück einem anderen zukommen lassen«, sprach er.

Als aber der König heftig in ihn drang, warum er so hohe Ehre verschmähe, da vergaß er sich und sagte, er habe eine Braut, die sei wohl noch tausendmal schöner als die Königstochter von Frankreich. Die Rede war ihm kaum entfahren, so stand auch schon die Schwanenjungfrau vor ihm, schaute ihn traurig an und sprach: »Hättest du meine Schönheit nicht gesagt, so hättest du mich erlöst. Jetzt musst du mich suchen im gläsernen Berg.«

Da fiel ihm sein Leichtsinn schwer aufs Herz. Er schnürte sein Bündel und zog aus, um den gläsernen Berg zu finden. Lange, lange schon war er unterwegs, als er eines Tages in einen dunklen Wald gelangte, dort wanderte er drei Tage und drei Nächte lang umher, bis er am vierten Morgen vor einer einsamen Waldmühle stand. Aus der Mühle aber trat alsbald ein Mann und fragte ihn, was er da wolle. Er sei der Müller vom gläsernen Berg und hätte jetzt schon seit 700 Jahren keinen Menschen in dem Walde gesehen.

Da sprach der Jägerbursch: »Wenn du der Müller vom gläsernen Berg bist, so musst du mir auch sagen können, wie ich hinein gelangen mag.«

»Dahin kannst du nicht kommen«, erwiderte der Müller. Als ihm aber der Jäger mit Bitten keine Ruhe ließ, versprach er endlich, ihm dazu behilflich zu sein. Er ging in die Mühle, holte einen gesattelten Geißbock heraus und hieß ihn aufsitzen, denn nur so könne er zum gläsernen Berg gelangen. Da stieg der Jägerbursche dem Tier auf den Rücken – der Bock hatte aber kaum die Last verspürt, als er anfing, auf und davon zu springen, durch Wald und Hang, über Stock und Stein, schneller als das

beste Ross, dass dem Reiter Hören und Sehen verging. So lief er bis dicht vor den gläsernen Berg, da warf er den Jäger ab und machte sich spornstreichs wieder nach Hause, auf dem Weg, den er gekommen war.

Vor dem gläsernen Berg aber, da war eine schöne, frische Quelle. Und weil der Jägerbursche von dem langen Ritt Durst bekommen hatte, so dachte er: »Du kannst erst einmal trinken, ehe du in den Berg hineingehst.«

Er bückte sich zu dem klaren Wasser und wollte davon schöpfen mit seinem Trinkhorn, da rief eine Stimme: »Trink nicht, oder es kostet dich dein Leben!«

Er hielt erschrocken inne und sah sich um. Weil aber niemand kam und zu sehen war und der Durst ihn immer mehr quälte, so schöpfte er dennoch und trank von dem klaren Wasser. Da fiel er mit einem Male um und schlief ein, als wenn er nimmer erwachen wollte. Als er nun so dalag, stand plötzlich die schöne Schwanenjungfer neben ihm. Sie war sehr zornig über seinen großen Ungehorsam, zog den Hirschfänger aus seinem Wams und wollte ihn totstechen. Sie hatte ihm die kalte Spitze schon auf das Herz gesetzt, da hielt sie wieder ein, denn Mitleid und Liebe kamen über sie, und sie dachte in ihrem Sinn: »Er kann mich doch vielleicht noch erlösen.«

Also verschwand sie wieder, und er war für dieses Mal gerettet. Doch ehe die Jungfrau ihn verließ, hatte sie mit dem Finger auf die Scheide seines Hirschfängers etwas geschrieben. Und als er erwachte, las er die Worte: »Hättest du nicht von dem Wasser getrunken, so hättest du mich erlösen können. Jetzt musst du mich suchen in der finsteren Welt.«

Von dem gläsernen Berg aber war weit und breit nichts mehr zu sehen und zu hören. Da stand er nun und wünschte sich das Leben nicht mehr und verfluchte seinen Leichtsinn ein über das andere Mal. Doch was wollte er anderes tun als die finstere Welt zu suchen? Er machte sich frisch auf den Weg und wollte nicht ruhen noch rasten, bis er die finstere Welt gefunden hätte.

Noch länger als das erste Mal musste er umherwandern, bergab und bergauf, da kam er endlich wieder in einen großen, dunklen Wald. Als er drei Tage darin umhergegangen war, fand er wieder wie das erste Mal eine einsame Waldmühle, in der ein Mann lebte, der erzählte, dass er der Müller von der finsteren Welt sei und nun seit 700 Jahren keinen Menschen zu sehen bekommen hätte.

»Wenn du der Müller von der finsteren Welt bist«, sprach der Jäger, »so musst du mir auch sagen können, wie ich hineingelangen mag.« – »In die finstere Welt gelangst du nimmermehr«, erwiderte der Müller. Doch da der Jäger gar zu dringend bat, versprach er ihm endlich, ihn hineinzuschaffen.

»Morgen kommt der Vogel Greif«, sprach er, »und holt ein Fass voll Mehl ab für die finstere Welt. Der muss dich mitnehmen.«

Da blieb der Jägerbursche in der Mühle über Nacht, des anderen Tages aber hieß ihn der Müller in ein großes Fass kriechen und das Andere abzuwarten. Nicht lange, so rauschte es in der Luft, der Vogel Greif kam herangeflogen, packte das Fass mit den Klauen und führte es mitsamt dem Jäger fort. Als er eine gute Zeit lang geflogen war, hielt er an und stellte seine Last nieder, denn er war angekommen in der finsteren Welt. Der Jäger merkte, dass es nicht mehr weiter ging, schnitt mit seinem Hirschfänger ein Loch in die Fasswand und kroch vorsichtig heraus. Nun war es um ihn herum so dunkel wie in einem Sack. In der Nähe aber hörte er das Rauschen eines Wassers. Da kroch er auf Händen und Füßen dem Geräusch nach und fand endlich eine Brücke, die über das rauschende Wasser führte, und als er auf der anderen Seite war, sah er in der Ferne ein Licht und ging darauf zu.

Er hatte weit zu gehen, bis er endlich dem Licht so nahe war, dass er sehen konnte, was es eigentlich war. Er gelangte nämlich in ein dunkles Tal, wo zwei Frauen umherwandelten, von denen eine das Licht in der Hand trug. Und als er näher an sie herankam, so sah er wahrhaftig die Schwanenkönigstochter, die mit einer Kammerjungfer umherging und dürres Reisig zusammenlas.

Als sie den Jägerburschen erblickte, hieß sie ihn freudig willkommen und bat ihn, mit ihr zu gehen, so er den Mut und Willen hätte, sie wieder zu erlösen aus der finsteren Welt, in die sie wegen seines Ungehorsams verwünscht worden war. Das versprach er gern und ließ sich von ihr führen bis in ihre Schlafkammer, wo sie ihn unter das Bett kriechen und ruhig liegen bleiben hieß.

»Ich muss jetzt zur Musik«, sprach sie. »Aber um elf Uhr komme ich wieder und lege mich schlafen. Dann musst du hervorkommen und dich quer über mich hinlegen und nicht von der Stelle weichen, was auch geschehen mag.« So sprach sie und ging fort, und der Jägerbursche tat, wie sie befohlen.

Endlich trat sie herein und legte sich nieder. Da kroch er schnell hervor und tat nach ihrem Geheiß. Kaum hatte er sich quer über sie gelegt, kamen auch schon die Geister von der finsteren Welt mit großem Lärmen herein und an das Bett. Der Angstschweiß brach dem armen Jäger aus, aber er rührte und regte sich nicht, gleich als ob er fest schliefe. Die Geister fingen nun an, auf ihn zu schlagen wie auf einen Sack und auf ihn zu stechen und zu peinigen auf alle Art und Weise. Er hätte schreien mögen aus allen Kräften und dachte, er müsse des Todes sein. Aber er blieb standhaft und fest und bewegte keinen Finger. Bis um Mitternacht musste er so aushalten. Mit dem Schlag zwölf aber waren die Geister verschwunden, als wären sie nie dagewesen.

Der Jägerbursche war wund und geschunden an allen Gliedern. Die Schwanenkönigstochter aber bestrich ihn mit Wundsalbe, so dass ihm kein Finger mehr wehtat. Dann lobte sie ihn, dass er die erste Probe so wacker bestanden, und stellte allerlei Speisen und köstlichen Wein zur Stärkung vor ihn hin. Als er jedoch gegessen und getrunken hatte, hieß sie ihn wieder hinabkriechen und liegen bleiben bis zur anderen Nacht. Den Abend musste sie wieder weggehen zur Musik, und als sie um elf Uhr heimkam, kroch er hervor und tat wie das erste Mal. Weil er wusste, dass ihm nichts geschehen konnte, wenn er standhaft blieb, war seine Angst schon geringer geworden. Doch war sein Mut größer, so war auch die zweite Probe härter als die erste. Die Geister stürzten mit schrecklichem Getöse herein und begannen mit ihm umzuspringen, dass das, was zuvor mit ihm geschehen war, nur ein Kinderspiel gewesen war. Als sie ihn am ganzen Leibe zerhauen und zerstochen, dass keine heile Stelle mehr an ihm war, und alles nichts fruchten wollte, schleppten sie ihn zu einem großen Kessel voll siedenden Öls und schickten sich an, ihn hineinzuwerfen. Sie hatten ihn an Händen und Füßen aufgehoben und hielten ihn darüber. Er dachte, nun sei es wirklich um ihn geschehen, und wollte eben aufschreien, da schlug es Mitternacht, und sie mussten fort. Die Schwanenjungfer aber hatte ihn gar bald wieder mit ihrer Salbe geheilt. Darauf erquickte sie ihn wieder mit Speise und Trank und dankte ihm gar freundlich, dass er auch das zweite Mal sich so gut gehalten habe. Somit habe er ihre Erlösung ihrem Ende nahe gebracht.

»Noch einmal bleibe fest«, sprach sie, »so bin ich dein, und wir wollen immer in Freuden leben. Jetzt aber musst du wieder unter das Bett und still liegen bis zur anderen Nacht.«

Die letzte Nacht kam, und alles trug sich zu wie vorher, nur dass es die finsteren Geister diesmal am allerschlimmsten trieben. Sie zerhieben und zerschnitten ihn, als wenn er es gar nicht spürte. Und da immer noch keine Qual ihn zum Schreien brachte, trugen sie einen großen Galgen herein und machten Anstalten, ihn aufzuknüpfen. Schon hatten sie die Schlinge um das Genick gelegt – da tat es einen ungeheuren Schlag, und die Erlösung war glücklich vollbracht.

Ehe er wusste, wie ihm geschehen, stand der Jägerbursche im Freien und im Hellen, und die Schwanenkönigstochter war bei ihm und war erlöst. Sie bestrich ihn zum letzten Male mit der Salbe, so dass er gesünder und schöner war denn zuvor. Dann heiratete er sie und zog mit ihr gen Frankreich an des Königs Hof. Als der sie nun erblickte in ihrer großen Herrlichkeit, da musste er selber gestehen, dass sie schöner sei als seine Tochter.

Sagenhafte Frauen

Die Weibertreu

Durch treue Weiber, Wein und Sang
hat Weinsberg einen guten Klang.

An die malerische Burgruine auf dem rebenumkränzten Berg bei Weinsberg knüpft sich eine liebliche Sage. Zahllose Sänger und Dichter haben die alte Mär schon verherrlicht; und doch wird sie immer neu und schön bleiben.

Heiß entbrannte im 12. Jahrhundert in Süddeutschland der Kampf zwischen den Herrscherhäusern der schwäbischen Hohenstaufen und der bayerischen Welfen. Damals führte Konrad III., der erste Kaiser aus hohenstaufischem Geschlecht, das Zepter des Reiches. Der stolze Herzog Heinrich Welf von Bayern verweigerte ihm den Gehorsam. In der Nähe seiner getreuen Stadt Weinsberg hatte der Welfe seine Streitkräfte gesammelt. Konrad zog heran und schlug sie in hitzigem Gefecht. Die feindlichen Ritter zogen sich auf die Burg bei Weinsberg zurück, die auf steilem Hügel erbaut und von festen Mauern und Türmen umschirmt jedem Angriffe Trotz bot.

Der Kaiser aber hielt die Feste mit seinem Heer eng umschlossen. Da alle Stürme abgeschlagen wurden, beschloss Konrad, der feindlichen Burg die Zufuhr abzuschneiden. Und der Hunger bezwang bald die tapferen Feinde. Die Besatzung der Burg musste sich auf Gnade und Ungnade ergeben. Aufs Äußerste erbittert über den trotzigen Widerstand, den er gefunden hatte, und doch ein Held von ritterlichem Sinn, befahl der Kaiser: Alle männlichen Verteidiger der Burg müssen sterben. Die Frauen aber dürfen frei abziehen, und jede hat dazu noch das Recht, was ihr das Liebste ist, mit sich aus der Burg zu nehmen. Die Stunde der Übergabe der Burg nahte heran. Weit öffneten sich die Tore der Feste. Und von der Höhe, den steilen Burgweg herab, zog langsam ein Zug edler Frauen. Auf dem Rücken trug eine jede das Liebste, was sie besaß: ihren Ehemann. So nahten sie sich, keuchend unter der teuren Bürde, dem Herrscher, der auf hohem Ross am Fuß der Burg die Gefangenen erwartete.

Verwundert blickte das Gefolge des Kaisers auf den seltsamen Zug, und manche spöttische Rede wurde aus den Reihen der eisengepanzerten Männer laut. Ernst aber blickte des Kaisers Kanzler und meinte streng: »So war es nicht gemeint!«

Aber mild lächelnd sprach der Herrscher: »Lasst sie in Frieden ziehen! An einem Kaiserwort soll man nicht drehen und deuteln!«

So geschehen zu Weinsberg im Dezember des Jahres 1140. Der Sänger der Weibertreu, Justinus Kerner, hat im Andenken an dieses Ereignis über den Eingang der Burgruine die Worte setzen lassen:

Getragen hat mein Weib mich nicht,
Aber ertragen!
Das ist ein schwereres Gewicht,
Als ich mag sagen.

Regiswindis von Lauffen

Beim Städtchen Lauffen bricht der Neckar durch einen Felsen und bildet dabei einen Strudel. Den haben die Schiffer in früherer Zeit gemieden, so gut sie konnten, ihm auch manches Opfer gebracht, damit er ihren Kahn nicht verschlinge. Manche sagen, man habe einst die Wetterglocke vom Wunnenstein darin versenkt, seitdem sei der Strudel nicht mehr so wild.

Auf dem Felsen am rechten Ufer des Flusses stehen die Trümmer der alten Kaiserpfalz Lauffen. Dort hauste einst Pfalzgraf Ernst. Der hatte ein einziges Kind, das hieß Regiswindis, die Freude ihrer Eltern. Es wuchs unter den Augen einer Wärterin heran. Nun hatte die Wärterin einen Bruder, der war des Pfalzgrafen Rossknecht; da er aber seines Dienstes nicht allewege treulich waltete, ließ ihn der Graf einst mit Ruten streichen. Darüber erbost, schwur die Schwester ihrem Herrn Rache.

Als bald darauf der Pfalzgraf mit seinem ganzen Hof auf der Jagd war, nahm die Wärterin das Kind, erwürgte es mit dem goldenen Kettlein, das es am Halse trug, und stieß es dann vom Burgfelsen in den Strudel hinab. Als sie gesehen, welch grausige Tat sie getan, da wurde sie wie wahnsinnig; denn im Grunde hatte auch sie Regiswindis von Herzen lieb gehabt. In Verzweiflung lief sie auf die andere Seite des Flusses, um sich von dort aus in den Fluss zu stürzen. Allein der Pfalzgraf, der eben von der Jagd zurückkam, ließ sie ergreifen und zur Strafe an der Stelle ihrer Untat in den Burgfelsen einmauern.

Nach drei Tagen erst gab der Strudel Regiswindis' Leiche zurück. Friedlich war der Ausdruck ihres Gesichts, ihre Ärmchen hatte sie kreuzweise über der Brust gefaltet, und ein Kränzlein von Rosen war ihr ins goldne Haar geflochten.

Als der Bischof von Würzburg davon erfuhr, da war er von dem Gefühl durchdrungen, dass das Kind selig verstorben und eine junge Heilige sei. Darum riet er dem Pfalzgrafen, auf dem steilen Ufer des Neckars gegenüber seiner Burg der heiligen Regiswindis eine Kapelle zu erbauen und sie dort zu bestatten. Das tat der Pfalzgraf. An ihrem Grab wuchs von selbst ein wilder Rosenstrauch, und sooft der Vater Kapelle und Grab besuchte, dufteten die Rosen noch einmal so fein als sonst.

Notburga

Noch stehen am Neckar Türme und Mauern der alten Burg Hornberg. Darauf wohnte vor Zeiten ein mächtiger König mit seiner Tochter Notburga. Diese liebte einen Ritter und hatte sich mit ihm verlobt; er aber war in Kriegsdiensten ausgezogen und nicht wiedergekommen. Da beweinte sie Tag und Nacht seinen Tod und schlug jeden andern Freier aus. Ihr Vater indessen war hartherzig und achtete wenig auf ihre Trauer. Einmal sprach er zu ihr: »Bereite deinen Hochzeitsschmuck, in drei Tagen kommt ein Bräutigam, den ich dir ausgewählt habe.« Notburga aber sprach in ihrem Herzen: »Lieber will ich fortgehen, so weit der Himmel blau ist, als dass ich meine Treu brechen sollte.«

In der Nacht darauf, als der Mond aufgegangen war, rief sie einen treuen Diener und sprach zu ihm: »Führe mich in die Waldhöhle hinüber zu der Kapelle Sankt Michael, da will ich, verborgen vor meinem Vater, im Dienste Gottes mein Leben beschließen.« Als sie dann die Burg verließen, rauschten die Blätter und ein schneeweißer Hirsch kam herzu und stand neben Notburga still. Da setzte sie sich auf seinen Rücken, hielt sich an seinem Geweih fest und ward schnell von ihm fortgetragen. Der Diener sah, wie der Hirsch mit ihr über den Neckar leicht und sicher hinüberschwamm und drüben verschwand.

Am anderen Morgen, als der König seine Tochter nicht fand, ließ er sie überall suchen und schickte Boten nach allen Gegenden aus, doch sie kehrten zurück, ohne eine Spur gefunden zu haben. Der treue Diener wollte Notburga aber nicht verraten. Als es Mittagszeit war, kam der weiße Hirsch auf Burg Hornberg zu ihm, und als er ihm Brot reichen wollte, neigte er seinen Kopf, damit er es ihm an das Geweih stecken möge. Dann sprang er fort und brachte es der Notburga hinaus in die Wildnis, und so kam er jeden Tag und erhielt Speise für sie; viele sahen es, aber niemand außer dem treuen Diener wusste, was es zu bedeuten hatte.

Endlich bemerkte auch der König den weißen Hirsch und zwang dem Alten das Geheimnis ab. Anderntags zur Mittagszeit setzte er sich zu Pferd, und als der Hirsch wieder dic Speise holen kam und damit forteilte, folgte er ihm durch den Fluss hindurch bis zu einer Felsenhöhle, in der das Tier verschwand. Der König stieg ab und ging hinein in die Höhle. Da fand er seine Tochter vor einem Kreuze kniend, und neben ihr ruhte der Hirsch. Der König sprach zu ihr: »Kehre mit nach Hornberg zurück.« Und sie antwortete: »Ich habe Gott mein Leben gelobt und suche nichts mehr bei den Menschen.« Was der König auch sprach, sie war nicht zu bewegen, ihm zu folgen und gab ihm immer die gleiche Antwort. Da geriet er in Zorn und wollte sie wegziehen, aber sie klammerte sich ans Kreuz, und als er Gewalt gebrauchte, löste sich der Arm, an welchem er sie gefasst hatte, vom Leibe und blieb in seiner Hand. Da ergriff ihn ein Grauen, dass er forteilte und sich nimmer wieder der Höhle näherte.

Als die Leute hörten, was geschehen war, verehrten sie Notburga wie eine Heilige. Viele Pilger und Wallfahrer kamen zu ihr. Sie betete mit ihnen und nahm ihnen die schweren Lasten von ihrem Herzen. Im Herbst, als die Blätter fielen, kamen die Engel und trugen ihre Seele in den Himmel. Die Leiche hüllten sie in ein Totengewand und schmückten sie mit Rosen, obgleich die Blumen längst verwelkt waren. Zwei schneeweiße Stiere, die noch kein Joch auf dem Nacken getragen hatten, trugen sie über den Fluss, ohne die Hufe zu benetzen, und die Glocken von den nahe liegenden Kirchen fingen von selbst an zu läuten. Die Tiere brachten, ohne dass sie geführt oder gelenkt wurden, den Wagen nach dem Dorfe Hochhausen an die Stelle, wo jetzt die Kirche steht. Hier wurde Notburga beigesetzt.

Das edle Fräulein von Tierbach

In Kochertürn lebte einst das schöne Edelfräulein von Tierbach. Dessen Schönheit war so groß, dass die Sonne ihm den Mantel trug, wenn es ausging. Nun trat einstmals schlechtes Wetter ein, als das Fräulein gerade seinen gewohnten Spaziergang machte. Es wurde müde und zog aus einem Weinberg einen Pfahl aus, um sich darauf zu stützen. Von da ab trug die Sonne nicht mehr seinen Mantel. Nun ließ das Edelfräulein aus dem Donnerswald, der seinem Geschlecht gehörte, den schönsten Eichbaum fällen und zu Weinbergpfählen zerscheiden. Mit diesen wurden die Weinberge zu Kochertürn aufgepfählt. Und siehe, von der Stunde an trug die Sonne wieder den Mantel des mildtätigen Edelfräuleins.

Das Scheuerberger Burgfräulein

Auf dem Scheuerberg stand einst das Weinsberg'sche Schloss, das später dem Deutschorden gehörte. Bei der Zerstörung der Burg durch die Bauern sollen in einem der großen Keller des Schlosses reiche Schätze vergraben worden sein. Ein Burgfräulein in schneeweißem Gewand ist zur Hüterin dieser Schätze bestimmt. Wer zu ihnen gelangen will, um sie zu heben, muss vorher das Fräulein erlösen.

Daher sagen die Neckarsulmer, welche sich Geld wünschen: »O, könnte ich doch das Fräulein auf dem Scheuerberg erlösen!«

Der Pfaffenhofer Allmandwald

Ein Edelfräulein von Sternenfels wurde von ihren Brüdern gefangen gehalten; warum, weiß man nicht mehr. Das Edelfräulein rief die Bauern des unteren Zabergäus, die nicht edelmännisch waren, auf, ihm wieder zur Freiheit zu verhelfen. Das ist dann auch den Bauern gelungen. Aus Dankbarkeit hat das Edelfräulein den Bauern von Pfaffenhofen einen großen Wald geschenkt. Die edelmännischen Zabergäuer aber gingen leer aus. Das war der »Allmandwald« auf Sternenfelser Markung. Doch hatten die Sternenfelser Weide- und Streurecht an diesem Wald und ihr Schäfer durfte einmal in der Woche durch den Wald von Sternenfels bis Cleebronn fahren. Später aber hat die Gemeinde Pfaffenhofen diesen Wald an den Staat verkauft.

Die Meerfräulein von Dimbach

Bei Dimbach, unweit Weinsberg, wohnten in einem Brunnen zwei Meerfräulein. Eines Tages sah sie ein Mann, der vorüberging, Kuchen backen, und er bat sie, ihm doch auch ein Stück davon abzugeben. Da sagten sie ja, wenn er zurückkäme. Und als der Mann zurückkam, fand er wirklich an dem Brunnen zwei Viertel eines Kuchens.

Diese Meerfräulein waren klein wie Kinder und reichten, wenn sie zuweilen abends die Leute in Dimbach besuchten, nur bis an den Tisch. Sie sangen sehr schön, gingen aber immer mit dem Glockenschlag zehn wieder fort. Einmal jedoch verspäteten sie sich. Da klagten sie sehr und sagten ihr Schicksal voraus: Wenn das Wasser aus dem Brunnen rot laufe, so bedeute das ihren Tod. Als man darauf nach dem Brunnen sah, war das Wasser wirklich rot gefärbt, und seither sind auch die beiden Meerfräulein nicht mehr gesehen worden.

Die Sage von den Wasserfrauen

Im Kocher bei Gochsen lebten vor alter Zeit Wasserfrauen. An langen Herbst- und Winterabenden, wenn die Burschen und Mädchen zum Vorsitz in einem Haus zusammenkamen, erschienen auch diese Wasserfrauen und freuten sich mit der Gochsener Jugend an Gesang und Tanz.

Auch im Tiefenbachtal bei Gundelsheim gab es solche. Sie lebten im so genannten Frälesbrunnen (Fräuleinbrunnen). Von hier aus machten sie im nahen Bachenau oft Besuche. Als eine davon zu spät heimkehrte – ein Bachenauer Bursche hatte die Uhr zurückgestellt –, wurde sie von ihrem Vater erwürgt. Seither gibt es im Tiefenbachtal keine Wasserfrauen mehr.

Meerweiblein im Holderbrunnen

Eine Viertelstunde von Waldangelloch entspringt eine Quelle, die Holderbrunnen heißt. Hier pflegte eine arme alte Frau das Futter für ihre Kuh zu suchen. Am Brunnen traf die Frau einmal auf zwei fremde, schöne Mädchen. Es waren zwei Meerweibchen, die in dem Brunnen lebten. Als die Mädchen mit der Alten nach und nach vertraut wurden, besuchten sie diese auch in ihrem Hause. Am ersten Abend kamen die beiden Mädchen zu ihr in die Spinnstube, ohne dass sie von der Frau abgeholt wurden oder im Orte sich nach deren Haus erkundigten. Jede brachte ein brennendes Laternchen, eine Kunkel und Hanf mit. Sie waren gekleidet wie Dorfmädchen, hatten Gürtel und weiße Schürzen an. Während des Spinnens scherzten und lachten sie mit den anwesenden Mädchen und Burschen und erzählten, dass es bei ihnen wie auf der Erde sei. Schlag neun Uhr zündeten sie ihre Laternen an und gingen trotz aller Bitten, länger dazubleiben, mit dem Versprechen fort, am nächsten Abend wiederzukommen. Das ging so mehrere Wochen. Da knüpfte eines der Mädchen mit einem Burschen eine Liebschaft an. Ihm allein erlaubte sie, beim Heimgehen sie halbwegs zu begleiten; bis zum Brunnen hätte er nur dann mitgehen dürfen, wenn er bereit gewesen wäre, sich auch in den Brunnen hineinzubegeben. Das zu tun konnte er sich erst nach vielem Zureden des Mädchens entschließen. Als sie an die Quelle kamen, wollten die Mädchen,

dass zuerst die eine, dann er und dann die andere in den Brunnen stiegen; er aber begehrte der Letzte zu sein. Das Mädchen schnallte ihm ihren Gürtel um und versicherte, dadurch sei er vor dem Wasser geschützt. Dann stieg sie und nachher ihre Gefährtin in den Brunnen hinab. Doch der Bursche wagte nicht, ihnen zu folgen, und blieb an der Quelle stehen. Auf einmal wurde deren Wasser blutrot, worauf er eilig den Gürtel hineinwarf, weil er dachte, dieser dürfe nicht zurückbleiben. Die Mädchen aber sind nachher niemals wieder gesehen worden.

Die Stahlenmagd

Auf dem »Hirn« unweit von Frauenzimmern soll früher ein Schloss gestanden sein. Darin hätten zwei Schwestern gewohnt, von denen die eine die andere totgeschlagen hätte. Zur Strafe dafür müsste die Mörderin »gehen« und auf Erlösung warten.

Einmal hackte eine Magd, die Stahlenmagd geheißen, in der Nähe dieses untergegangenen Schlosses auf ihrem Acker Kartoffeln, als ihr plötzlich ein Stein auf den Rücken flog. Erschrocken wandte sie sich um und gewahrte zu ihrem nicht geringen Erstaunen ein weiß gekleidetes Fräulein mit einem großen Pudel. Das Fräulein redete mit der Magd und sagte zu ihr: »Komme heute Nacht zwölf Uhr zu mir heraus und bete; aber du darfst dabei keine Angst haben.« Darauf waren das Fräulein und ihr Hund plötzlich verschwunden. Angsterfüllt eilte die Magd nach Hause und wusste nicht recht, was sie jetzt tun sollte. Sie ging hinüber ins nahe Stockheim und fragte den dortigen Pfarrer, was sie tun solle. Als der Pfarrer mit ihr gebetet hatte, sagte er zu ihr: »Gehe hinüber nach Frauenzimmern, ich und deine Gemeinde wollen heute Abend mit dir gehen.«

Als es nun Abend geworden war, trat die Magd, begleitet von dem Pfarrer und ihrer ganzen Heimatgemeinde, den schweren Gang an. Als sie an dem bezeichneten Platze angekommen waren, sahen sie das Fräulein. Neben ihr stand der große schwarze Pudel mit feurigen Augen. Mehrere Reifen hielten das weiße Kleid des Fräuleins zusammen. Diese Reifen waren aber die Strafe für ihre schwere Sünde, und der schwarze Pudel war kein anderer als der Teufel. Nun sagte der Pfarrer, die Stahlenmagd solle ein Lied beten. Das tat diese. Schon als sie den ersten Vers gebetet hatte, war der erste Reif zu Boden gefallen. Und sooft sie einen weiteren Vers betete, fiel ein weiterer Reifen herab. Als alle Ringe zu Boden gefallen waren, drückte das Fräulein der gehorsamen Magd einige Goldstücke in die Hand und sagte dabei: »Ich danke dir, dass du mich erlöst hast. Hättest du Angst bekommen oder wärest du stecken geblieben, so hätte ich noch einmal hundert Jahre auf Erlösung warten müssen.« Darauf war das Fräulein verschwunden.

Die Stahlenmagd soll kurze Zeit darauf nach Amerika ausgewandert sein.

Die listige Bäurin

Ein wohlhabender Bauer, der schon eine Zeit lang krank gelegen, fühlte eines Tages, dass es nun Zeit für ihn wäre, sein Haus zu bestellen. »Ich werde nun bald die Reise antreten, von der noch niemand wiedergekommen ist«, sagte er darum zu seiner Frau, als sie wieder einmal zu ihm hereinkam, um ihm die Kissen aufzuschütteln. »Hab und Gut hinterlasse ich dir genug, deswegen brauchst du nicht zu weinen.« – »Deswegen weine ich auch nicht«, sagte die Frau. »Es wäre mir aber doch leichter«, fuhr er fort, »wenn du mir noch etwas in die Hand versprechen wolltest.« – »Was denn?«, sagte sie. »Unsern März«, antwortete er, »den führst du nach meinem Begängnis auf den Markt und verkaufst ihn; und den Erlös gibst du den Armen.« – »Warum gerade den schönsten Ochsen aus unserm Stall?«, fragte die Bäuerin. »Lass mich lieber eine von den Kühen nehmen, die Bless hat nun schon zwei Mal verkalbt.« – »Nein«, sagte er, »es ist für mein Seelenheil. Darum muss es der März sein. Er bringt am meisten.«

Da versprach sie es ihm, und als der Bauer nicht lange danach das Zeitliche gesegnet hatte, zog sie den Ochsen März aus dem Stall, band ihm einen Gockelhahn auf den Schwanz, oben, wo er anfängt, und führte ihn an einem Strick auf den Markt. Die Metzger ließen sich auch nicht lange bitten und griffen dem Ochsen ins Feiste und fragten sie, was er kosten sollte. »Es ist eine Bedingung dabei«, sagte die Witwe. Wer den Ochsen haben wolle, der müsse auch den Hahn kaufen, sie verkaufe keinen ohne den andern. »Und zwar«, fuhr sie fort, »muss ich für den Hahn zwölf Gulden haben; den Ochsen gebe ich um fünf Heller her.« Da war der Handel gleich gemacht, sie bekam die zwölf Gulden für den Gockel und die fünf Heller für den Ochsen namens März. Diese fünf Heller verteilte sie sogleich unter fünf Bettler, um eines Gelöbnisses willen, wie sie dazu sagte. Danach machte sie sich mit den zwölf Gulden für den Hahn in der Tasche fröhlichen Gemütes auf den Heimweg.

Das Käthchen von Heilbronn

Am Markt von Heilbronn steht noch heute ein hohes, altertümliches Haus, das Käthchenhaus. Dort wohnte einst der Waffenschmied Theobald Friedeborn mit seiner Tochter, einem anmutigen und schönen Mädchen. Ging die Waffenschmiedstochter über die Straße, das schwarzsamtene Leibchen mit feinen Silberkettlein behängt, so trat alles unter die Fenster und die Leute flüsterten einander zu: »Seht, das schöne Käthchen!«

Eines Nachts sah Käthchen im Traum einen herrlich gekleideten Ritter in ihre Kammer eintreten. Er nahte sich sittsam und begrüßte sie als seine Braut. Da erwachte sie vor Freude und spürte ihr Herz klopfen bis in den Hals hinauf.

In derselben Nacht lag auf seinem Schloss der Ritter Graf Friedrich Wetter vom Strahl todkrank darnieder. Im Fiebertraum erschien ihm eine lichte Gestalt, die ihn weit weg in die Kammer eines jungen Mädchens führte und ihm verkündete, dies sei seine zukünftige Braut und die Tochter des Kaisers.

Viele Monate waren seit diesen Träumen vergangen. Da kam eines Tages ein vornehmer Ritter in blanker Rüstung und mit flatterndem Helmbusch vor das Haus des Meisters Friedeborn geritten – es war Graf Wetter vom Strahl. Er stieg vom Pferde und trat in die Werkstatt. An seinem Panzer war eine Eisenschiene gesprungen; die sollte ihm Meister Theobald wieder zusammenschmieden. Der Meister machte sich sogleich an die Arbeit, versäumte aber nicht, die Tochter zu rufen, damit sie den Ritter mit Wein, Brot und Schinken bewirte. Über eine kleine Weile öffnete sich die Tür und das Käthchen trat herein. Als sie errötend die Augen aufschlug und in das Gesicht des Ritters blickte, ließ sie mit einem leisen Aufschrei Teller und Krug fallen und sank ohnmächtig vor den Füßen des Grafen nieder. Sie hatte in ihm jenen schönen Ritter erkannt, der ihr im Traum erschienen war und sie als seine Braut begrüßt hatte. Als sie sich von ihrem Schreck erholt hatte, erhob sie sich und eilte hinweg in ihre Kammer. Nachdem der Schaden an der Rüstung ausgebessert war, stieg Graf vom Strahl auf sein Pferd und wollte weiterreiten. Da stürzte sich Käthchen vor seinen Augen aus dem Fenster des Balkons auf den Marktplatz hinunter und blieb mit gebrochenen Gliedern liegen.

Sechs Wochen lag Käthchen zum Tode krank darnieder. Kein Mensch vermochte ihr das Geheimnis, das sie in sich trug, zu entlocken. Am ersten Tag aber, da sie wieder gehen konnte, schnürte sie ihr Bündel und verließ heimlich das Vaterhaus. Sie wanderte und irrte so lange landauf, landab, bis sie den Grafen fand, und nun folgte sie ihm wie eine dienende Magd, ja, wie ein treues Hündchen, und nichts konnte sie aus seiner Nähe vertreiben. Der Graf konnte sich das seltsame Gebaren des Mädchens nicht erklären. Oftmals bat er es freundlich, nach Hause zurückzukehren. Als es aber nie auf ihn hören wollte, fuhr er es mit bösen Worten an und stieß es von sich. Doch Käthchen ließ nicht von ihm.

Eines Tages traf Graf Wetter das Käthchen an der Burgmauer unter einem blühenden Holderstrauch schlafend an. Sie sprach im Traume. Er beugte sich zu ihr nieder, lauschte auf ihre Worte und erfuhr so ihr Geheimnis, dass sie ihn einst im Traum gesehen. Da erinnerte sich der Graf auch an seinen Traum und erkannte, dass sie die Braut sei, die ihm damals im Fiebertraum verheißen worden war. – Zuletzt wurde noch offenbar, dass Käthchen nicht des Waffenschmieds richtige Tochter, sondern nur ein Ziehkind, und dass sie in Wirklichkeit die Tochter des Kaisers war. Nun war die Freude groß, und Käthchen wurde als Prinzessin die Gemahlin des Grafen Friedrich Wetter vom Strahl.

Von Herrschern, Rittern, Bürgern und Bauern

Bilder aus Weinsberg

Die geschichtliche Zeit beginnt für Weinsberg erst mit dem Jahre 1193, wo zum ersten Male die Dynasten von Weinsberg als Besitzer der Burg erscheinen. Dieses Geschlecht stand mit dem Reiche wie mit den ersten und mächtigsten Häusern Schwabens, Frankens und der Rheinlande in der mannigfachsten Berührung.

Der bedeutendste Weinsberger war Konrad, Erbkämmerer des Reichs, der seine Burg im Jahr 1429 mit Heldenmut und Glück gegen die Pfalzgrafen verteidigte. Auf die Stadt, die beim Reiche war, machte er vergebens Ansprüche. Diese kam mit der Zeit an Kurpfalz und unter Herzog Ulrich von Württemberg im bayerischen Erbfolgestreit an dieses Herzogtum. Damals wurden ein hoher Turm, der schwarze Mantel genannt, und das alte Ritterhaus ganz zusammengeschossen.

Das entscheidende Verhängnis brach jedoch über sie erst im Jahr 1525 ein, wo die Aufrührer aus dem Odenwald, Hans Wunderer an ihrer Spitze, wie ein verheerendes Ungewitter gegen Weinsberg heraufgezogen kamen. Auf diese Nachricht besetzte der Schwäbische Bund Stadt und Burg mit siebzig Rittern, Edeln und Gemeinen unter Graf Ludwig von Helfenstein. Die Aufrührer benutzten die Feier des heiligen Osterfestes, die Burg zu stür-

men; die Einwohner schlugen sich zu ihnen, und die ganze Besatzung fiel in ihre Hände, bis auf drei Ritter, die, als Weiber von Weinsberg verkleidet, entrannen. Vergebens trat nun die Gräfin von Helfenstein mit ihrem zweijährigen Knaben als Schutzflehende auf. Vor dem Tore schlossen die Bauern einen Kreis; ein Pfeifer musste Tänze spielen, und alle Gefangenen wurden tanzend gespießt. Da ward die Burg Stein von Stein gerissen. Bald darauf nahm der schwäbische Bundeshauptmann Georg Truchsess von Waldburg schrecklich Rache an den Bauern. Der Pfeifer, der zu dem Morde der Edeln aufgespielt, wurde, an einer Kette um einen Baum tanzend, langsam am Feuer gebraten. Die Mauern der Stadt wurden geschleift und erst spät auf Erlaubnis erneuert. An den Trümmern der Burg ließen im Jahr 1546 die Spanier noch ihre Wut aus. Nach der Nördlinger Schlacht kamen Stadt und Burg als vorübergehendes Geschenk an den Liebling des Kaisers, Max Grafen von Trautmannsdorf.

Die Ruinen sind durch einen Verein der Frauen Weinsbergs und die Fürsorge Justinus Kerners nicht nur vor Verfall bewahrt, sondern aus einem Schutthaufen in die lieblichsten Anlagen verwandelt worden, in welchen sich aus sorgsam gepflegtem Gebüsch Mauerzinnen und Türme, allenthalben zugänglich und zu reizenden Belvederen umgeschaffen, erheben. Äolsharfentöne wehen dem Wanderer entgegen. Von dem höchsten Turme, ein finstres Verlies unter seinen Füßen, blickt dieser gegen Osten in ein friedliches, gesegnetes Tal, mit Dörfern übersäet, dessen äußerstes Ende durch eine gegen Norden streichende Bergkette begrenzt wird, während weiter südlich die Ruinen des Stammschlosses der Grafen von Löwenstein herüberblicken und nordwestlich die Durchsicht ins Neckartal sich öffnet. Am Fuße des Berges, wie unter dem Schutze der Burg, steht die uralte Stadtkirche Weinsbergs, unter ihr und um sie versammelt gruppieren sich die Häuser der Stadt.

Das jüngste und merkwürdigste unter diesen ist das Dichterhaus, welches der Leser auf dem Blatte sieht, das von unserm Texte begleitet wird, die Wohnung Justinus Kerners, der zu seiner zauberischen Besitzung einen uralten Stadtturm geschlagen hat, in welchem er als Chemiker laboriert, als Sänger dichtet und als Exorzist Geister beschwört. Wer den von Schmerzen und Freuden des Lebens wie von Ebbe und Flut umspülten Geist dieses Mannes, seinen alle Wehmut der Gefühle plötzlich weghauchenden Humor, seinen Scherz, durch Ernst gezügelt, sein strenges und eifriges Wirken als treuer Arzt, das den Geisterbanner ganz vergessen lässt, kennen lernen will, der komme hierher nach Weinsberg. Schwaben und seine Bewohner sehen in der Nähe ganz anders aus, als sie im Norden oft geschildert werden.

Die eiserne Hand Götz von Berlichingens

Mit meiner Verwundung hat es folgende Bewandtnis gehabt. (Ich benahm mich wie ein junger Gesell, der gern und fröhlich lebt, und ich war der Meinung, als ich jung war, man müsse mich auch einen guten und braven Kerl sein lassen.) Als wir nämlich am Sonntag, wie ich oben erzählt habe, vor Landshut wieder scharmützelten, da richteten die Nürnberger ihr Geschütz gegen Freund und Feind. Die Feinde hatten eine vorteilhafte Stellung an einem Graben eingenommen, und ich hätte gern einen Speer mit ihrer einem gebrochen. Wie ich nun so stillhalte und nach einer Gelegenheit ausschaue, da richten die Nürnberger das Geschütz gegen uns, und einer schießt mir mit einer Feldschlange den Schwertknopf entzwei, dass mir die Hälfte davon in den Arm ging und drei Armschienen dazu; der Schwertknopf lag in den Armschienen, dass man ihn nicht sehen konnte; es wundert mich jetzt noch, dass ich nicht vom Pferde herabgestürzt bin; die Armschienen blieben ganz, nur die Ecken, welche sich verbogen hatten, standen ein wenig hervor. Der andere Teil des Schwertknopfes und die Stange hatten sich verbogen, waren aber nicht entzwei, und ich glaube, diese haben mir zwischen dem Handschuh und dem Armrüstzeug die Hand abgerissen; der Arm war hinten und vorn zerschmettert. Als ich bemerkte, dass die Hand nur noch lose an der Haut hing und mein Spieß unter meines Pferdes Füßen lag, tat ich, als wäre mir nichts geschehen, wandte das Pferd ganz gemach um und kam dennoch unbehelligt von den Feinden zu meinen Leuten. Da lief ein alter Landsknecht heran, der in das Kampfgetümmel wollte; den rief ich zu mir und bat ihn, er möchte bei mir bleiben, denn er sähe, wie es mit mir stünde. Das tat er auch, blieb bei mir und musste mir

dann den Arzt holen. Als ich nach Landshut kam, erzählten mir meine alten Gefährten, die in der Schlacht gegen mich gekämpft hatten, auf welche Weise ich geschossen worden wäre und dass ein Edelmann, Fabian von Wallsdorf, ein Vogtländer, von demselben Schuss getroffen und davon getötet wäre, obwohl mich der Schuss zuerst erreicht hatte, so dass also Freund und Feind miteinander Schaden nahmen. Dieser Edelmann war ein feiner, schöner Herr, wie man unter Tausenden kaum einen schöneren findet.

Man erzählte mir auch, was ich alles an den beiden Tagen, am Samstag und Sonntag, getan und vollführt hatte, und gab mir alle Merkmale an, was für einen Hauptharnisch ich getragen und was für ein Pferd ich geritten hatte, und man wusste ebenso gut wie ich alle meine Taten der letzten beiden Tage. Von der Zeit an, dem Sonntag nach Jacobi bis zu Fastnachten, habe ich in Landshut gelegen, und welche Schmerzen ich in der Zeit erlitten habe, kann sich wohl ein jeder denken. Es war meine Bitte zu Gott, wenn ich seiner göttlichen Gnade teilhaftig wäre, möchte er in seinem Namen mit mir hinfahren, ich wäre doch zu einem Kriegsmann verdorben. Da fiel mir aber ein Knecht ein, von dem ich durch meinen Vater und alte pfalzgräfliche und hohenlohische Knechte gehört hatte, Köchli genannt, welcher auch nur eine Hand gehabt hat und im Felde dem Feinde gegenüber alle Dinge ebenso gut hat verrichten können wie jeder andere. Ich betete zu Gott und dachte bei mir, auch wenn ich zwölf Hände hätte und seine Gnade und Hilfe stände mir nicht bei, so wäre alles umsonst. Deshalb vermeinte ich, hätte ich auch nur wenig Ersatz durch eine eiserne Hand, ich wollte dennoch im Felde so tüchtig sein wie irgendein anderer gebrechlicher Mensch. Ich bin seither mit Köchlis Söhnen geritten, die redliche und berühmte Reiter waren. Und wahrlich kann ich nicht anders finden noch sagen, nachdem ich fast sechzig Jahre mit einer Faust Kriege, Fehden und Händel geführt habe, als dass der allmächtige, ewige und barmherzige Gott wunderbarlich mit großer Gnade bei und mit mir in allen meinen Kriegen, Fehden und Gefahren gewesen ist.

Der Überlieferung nach soll ein Schmied aus Olnhausen bei Jagsthausen die eiserne Hand verfertigt haben. Eiserne Hände (Prothesen) gab es im 16. Jahrhundert häufiger als gemeinhin bekannt ist. In der Orthopädiegeschichte wird Götz' Hand als Epoche machend in der Prothesenentwicklung erwähnt; sie stammt wahrscheinlich aus der Werkstatt eines erfahrenen Meisters aus einer der süddeutschen Reichsstädte.

Heilbronn mit Götzens Turm

Von der Stadt her führt eine schmale und krumme Gasse, die Allerheiligenstraße, zu einer Seitenpforte am Neckar und dem mit der Stadtmauer verbundenen »viereckigten Turme«, von den Einwohnern auch »Götzens Turm« genannt. Die allgemeine Volkssage lässt nämlich in diesem Turme den Ritter Götz von Berlichingen in der Gefangenschaft der Stadt Heilbronn schmachten. Ein schauerlicheres Gefängnis hätte sie dem Ritter nicht anweisen können. Der aus rauen Quadern aufgeführte Turm mag an die hundert Fuß hoch sein, die Breite jeder Seite zehn Fuß. Er ist oben mit einer Zinne versehen und scheint überhaupt in allem seine ursprüngliche Anlage behalten zu haben; an der ganzen Nordseite zeigt er nur zwei kleine Fensterlöcher, beide weit voneinander, in der Höhe; gegen Osten in der Mitte ist ein hoher Schwibbogen gesprengt, der jetzt mit Holz ausgefüllt ist; vielleicht, dass die Gefängniszellen des jetzt innen ganz unwohnlichen Gebäudes hier befindlich waren und ein jetzt versperrtes Licht erhielten. Ohne diese Annahme müsste Götz von Berlichingen hier ganz in Nacht gesessen sein. Innere Unwahrscheinlichkeit hat indessen jene Sage nicht: Eine Inschrift an der nördlichen Seite des Turms, in zehn bis zwölf Fuß Höhe, zeigt in deutlicher Mönchsschrift die Jahreszahl MCCCLXXXXII (1392), der Turm war mithin schon weit über hundert Jahre alt, als Götz in Heilbronn gefangen saß.

Lassen wir der Phantasie den Lauf! Schlage deinen Goethe auf, Wanderer! In diesem schwarzen Turme sitzt der gefangene Götz bei seiner treuen Gattin Elisabeth, und sie spricht: »In der mutlosen Finsternis erkenne ich dich nicht mehr!« Dann wird der Wächter beredet, ihn »in sein klein Gärtlein zu lassen, auf eine halbe Stunde, dass er der lieben Sonne genösse, des heitern Himmels und der reinen Luft«.

Hier in der Natur ist freilich kein Raum zu einem Gärtlein; unsre Phantasie muss eine Holzlege wegräumen, die sich in dem schmalen Zwinger breit macht, und einige Mauern niederreißen, bis sie eins geschaffen hat. Dann aber versenkt sie sich mit andächtigem Schmerz in die Worte des Dichters: »Löse meine Seele nun! – Arme Frau! Ich lasse dich in einer verderbten Welt. Lerse, verlass sie nicht! Schließt eure Herzen sorgfältiger als eure Tore! Es kommen Zeiten des Betrugs, es ist ihm Freiheit gegeben. Die Nichtswürdigen werden regieren mit List,

und der Edle wird in ihre Netze fallen. – Gebt mir einen Trunk Wasser. – Himmlische Luft – Freiheit! Freiheit!«

Hier blickt uns die historische Kritik über die Achsel ins Buch und zerstört mit jenem Lächeln der Ironie um den Mund, das in unsrer Zeit bei ihr stehend geworden ist, die schöne Illusion der Dichtung. Der geschichtliche Götz ist nicht hier gestorben, er hat diese rührende Szene, die ins Jahr 1525 fallen würde, um siebenunddreißig Jahre überlebt, ist auf seiner Burg Hornberg am Neckar, mehr als achtzig Jahre alt, in Frieden und Freiheit den 23. Juli 1562 verschieden, und die Leiche, nach Kloster Schöntal geführt, ruht dort unter einem metallenen Denkmal im Kreuzgange. Die Gefangenschaft Götzens zu Heilbronn fällt auch sechs Jahre früher als der Bauernkrieg, mit welchem sie Goethe in Verbindung setzt, und wurde durch seine Anhänglichkeit an den vertriebenen Herzog Ulrich von Württemberg im Jahr 1519 herbeigeführt. Und wenn es, was sehr möglich ist, dieser Turm war, der ihn aufgenommen hat, so beschränkt sich doch während viertehalb Jahren Haft sein Gefängnis in demselben auf eine einzige Nacht. Zu einiger Entschädigung teilen wir dem Leser die naive, von Goethe selbst mehrfach benützte Erzählung dieser Begebenheit aus des Ritters eigenem Munde mit.

Götz war dem Schwäbischen Bunde zu Möckmühl »in der Mausfalle« unterlegen und nach Heilbronn zu Verfügung des Rates abgeführt worden. »Wie ich nun«, erzählt er in seiner Selbstbiographie, »zu Heilbronn etliche Wochen in einer Herberge verhaftet gelegen bin, da schickt' der Bund einen, der war von Konstanz, ein Schweizer – Stadtschreiber oder was er war –, und hätt' eine Urfehd bei ihm. Die las er mir für, in der Stuben, in Beiwesen vieler von Heilbronn, also dass die Stube voller Leut war, und begehrt', ich sollt' solche schwören und annehmen; und wo ich's nit tät', hätt' der Bund geschrieben, sollten sie mich nehmen und in Turm legen. Aber ich schlug solche Urfehd stracks ab; wollt' ehe ein Jahr im Turm liegen.« Götz berief sich darauf, dass er in ehrlicher Fehde betreten worden sei und vertragsmäßig ein ehrlich, ritterlich Gefängnis anzusprechen habe. Aber seine Feinde bestellten die »Weinschröter«, handfeste Gehülfen der Küfer; »die traten«, erzählt er, »zu mir in des Diezen Herberg in die Stuben und wollten mich fangen. Ich demnächst vom Leder und mit der Wehr heraus. Da schnappten sie wieder hinter sich, und baten mich die Bürger des Rats fleißig, ich sollt' einstecken und Fried halten; sie wollten mich nit weiter führen denn auf das Rathaus. Da glaubt' ich ihnen auch; und wie sie mich in der Herberg zur Stuben hinaus führten, ging meine Hausfrau gleich (eben) die Stiegen herauf, und war in der Kirchen gewest. Da riss ich mich von ihnen und ging zu ihr und sagt': ›Weib, erschrick nicht; sie wollen mir eine Urfehd fürlegen, die will ich nit annehmen; will mich ehe in

Turm legen lassen. Tue ihm aber also: Reit hinauf zu Franciscus von Sickingen und Herrn Georgen von Fronsperg‹« – diese waren Hauptleute des Bundes – »›und zeig ihnen an, die ritterliche Gefängnis, wie mir zugesagt, wolle nicht gehalten werden; (ich) versehe mich, sie werden sich als Redliche vom Adel und Hauptleute wohl wissen zu halten.‹ Das tät nun mein Weib; und führten mich die Bündischen mit uf das Rathaus und von dem Rathaus in Turm und musst' dieselbige Nacht darin liegen. Und wie sie mich uf den Pfingstabend hineinlegten, mussten sie mich auf den Pfingsttag frühe wiederum heraustun, und führten mich also darnach wieder auf das Rathaus, da waren etliche des Rats bei mir in der Stuben.«

Inzwischen war des Ritters treue Hausfrau vom Bundeslager zurückgekommen. Der ganze Haufe des Schwäbischen Bundes zu Ross und zu Fuß zog dem gefangenen Feinde gegen die wortbrüchigen Ratsherren von Heilbronn zu Hülfe. Diese fingen an zu zagen und ersuchten den Ritter, er möchte seine Hausfrau wieder hinausreiten und für sie bitten lassen. Aber der ergrimmte Götz trat zu seiner Frau und flüsterte ihr ins Ohr: »Sag zu meinem Schwager Franciscus von Sickingen und Georg von Fronsperg, sie haben mich gebeten, ich sollt' für sie bitten. Aber sag zu ihnen, was sie haben im Sinn, so sollten sie fortfahren. Ich wollt' gern sterben und erstochen werden; allein dass sie all' mit mir erstochen würden.« Die Frau richtete es aus, und die Herren erwirkten dem Ritter ehrliche Haft, aus welcher er endlich im vierten Jahr (1522) um zweitausend Goldgülden, die er bei guten Herren und Freunden aufbrachte, erlöset ward.

Wie Götz von Berlichingen seine Hand zurückgab

Götz von Berlichingen, dessen Geschlecht sich nach Dorf und Burg Berlichingen im unteren Jagsttal nannte, wurde 1451 auf der nahe gelegenen Burg Jagsthausen geboren. In seiner Lebensbeschreibung, die »der Ritter mit der eisernen Hand« während einer dreißigjährigen Acht als Gefangener auf seiner eigenen Burg Hornberg zum Zeitvertreib verfasste, schrieb er über sich, den zehnjährigen Knaben: »Ich hab« – von Vater, Mutter, Geschwistern, Knechten und Mägden – »vielmal gehört, daß ich ein wunderbarlicher junger knab gewest und mich dermaßen in meiner kindheyt erzeigt und gehalten, daß menigklich darauß gespürt und abgenommen, daß ich zu einem kriegs- und reuttersman gerathen würde.« Und dazu geriet er wahrhaftig. Zu seinem größten Leidwesen verlor der kampffrohe Haudegen mit 23 Jahren bei Landshut durch einen Schuss aus einer Feldschlange die rechte Hand, für die er selbst eine eiserne ersann und von einem geschickten fränkischen Waffenschmied anfertigen ließ. Fast sechzig Jahre hat er sie durch sein fehdereiches Leben getragen, das er auf Burg Hornberg 1562 als 51-Jähriger beschloss.

Erst der mit der eisernen Hand ist der Götz, den die ganze Welt kennt. Ja, er ist wohl »der bekannteste Ritter der Weltgeschichte«; nicht bloß des berühmten, angeblich von ihm stammenden »Götzischen Grußes« wegen. Im Gedächtnis des Volkes lebt er auch weiter als der aufrechte, tapfere, freiheitsliebende Mann, der kernige Haudegen, der, selbst wenn er sich nicht selten als Schnapphahn betätigte, immer auf der Seite der Unterdrückten stand, als leidenschaftlicher Kämpfer für Recht und Gerechtigkeit.

Auf die geistlichen Fürsten, die damals neben dem Krummstab des Seelenhirten das Schwert der weltlichen Macht schwangen, war er nicht gut zu sprechen – und auf den Bamberger Bischof ganz im Besonderen. Mit ihm geriet er auf unerwartete Weise beim Hochzeitsfest des Pfalzgrafen Ludwig mit der Schwester des Herzogs Wilhelm von Bayern in Heidelberg zusammen. Als da eines Tages Götz und sein Schwager von Sickingen die Treppe im »Hirsch« hinaufstiegen, stand oben am Geländer der Bischof von Bamberg mit dem Grafen Ludwig von Hanau und einigen andern Herrn und bot jedem ankommenden Gast die Hand – auch dem Götz von Berlichingen. Darüber war Götz sehr erstaunt, trat zu Graf Ludwig und sagte: »Der Bischof hat mir die Hand geben; ich glaub, er hat mich nicht kennt, er hätt mir sie sonst nit geben.« Da Götz, wie's seine Art war, laut sprach, hörte der Bischof seine Rede, kam zu Götz heran und sagte: »Wohl hab ich Euch nicht gekennt, da ich Euch die Hand bot.« Da reichte Götz ihm die Hand dar und sprach: »Herr, ich hab gleich gedacht, Ihr habt mich nit gekennt, als Ihr mir Eure Hand botet, ich hätt sie sonst nit bekommen, – habt also hiemit Eure Hand wieder!« Man lachte ringsum über diesen Auftritt, und wie freute sich erst der Götz, als er »das Mennlein weglaufen sah, hinein in die stuben zu Pfalzgraven Ludwigen und Bischoff Lorenz von Wirzburg, roth am halß als wie ein krebs, so zornig war er«, weil er dem Götz von Berlichingen die Hand gegeben hatte.

Melac-Sage aus Schwaigern

Es war zwei Wochen vor der Ernte. Da kam Melac mit seinen Truppen gen Schwaigern. Als die Leute von Schwaigern diese Kunde vernahmen, gerieten sie in große Angst und Sorge, denn sie wussten von anderen schon verwüsteten Orten, welcher Gefahr sie entgegengingen. Melac kam, und er und seine Reiter kannten keine Schonung. Mitten durch die reifenden Kornfelder zog er mit seinen Heerhaufen. Ob dieser bösen Tat soll er schwere Gewissensbisse empfunden haben. Alle Jahre vor der Ernte reitet er, der Sage nach, begleitet von vielen bösen Geistern, auf einem weißen Pferde über das von ihm ehemals verwüstete Gebiet. Aber zur Strafe muss er dabei sein ehedem so stolzes Haupt nicht wie zu Lebzeiten auf dem Halse, sondern unter dem Arme tragen.

Der Bildstock an der Drachenlochsteige zu Erlenbach

An der Drachenlochsteige zu Erlenbach steht ein alter Bildstock mit der Inschrift: »Zur Ehre Gottes und Gedächtnis Johann Hofmanns gewesten Anwalts 1708«. Darüber erzählt man sich im Dorf Folgendes: Der Anwalt Hofmann von Erlenbach geriet einst mit einem Weingärtner namens Grametz in Streit wegen etwa fünfzehn Weinstöcken, die auf der Grenze ihrer beiden Weinberge in den Schafflecken standen. Hofmann beanspruchte dieselben als sein Eigentum, während Grametz erklärte, sie gehörten zu seinem Weinberg. Der Richter musste entscheiden.

Vor Gericht verstand es der Anwalt Hofmann, seine Ansprüche in glänzender Rede zu rechtfertigen. Gegen ihn konnte der wenig redegewandte Weingärtner nicht aufkommen, obwohl auf seiner Seite das Recht war. So gewann der schlaue Anwalt den Prozess, und die Weinstöcke wurden ihm zugesprochen. Doch nicht alle Richter waren mit dem Urteil einig. Einer derselben meinte sogar während der Verhandlung: »Mich würde es gar nicht wundernehmen, wenn sich der geschädigte Weingärtner mit der Faust sein Recht verschaffen würde.« Weil dieser Ausspruch nur für die Richter bestimmt war, hatte der betreffende Richter nicht deutsch, sondern lateinisch gesprochen. Nun hatte aber der Weingärtner früher etwas lateinisch gelernt und verstand deshalb den Sinn der Worte. Wieder heimgekehrt, beschloss er danach zu handeln.

Als der Anwalt Hofmann eines Tages spät vom Felde heimkehrte, lauerte Grametz ihm auf und erschlug ihn mit seiner Hacke. Der Mörder wurde gefangen gesetzt und zum Tode durch den Strang verurteilt. Auf dem Galgenberg, dem alten Richtplatz des Hochgerichts zu Erlenbach, sollte er hingerichtet werden. Tag und Stunde der Hinrichtung waren genau festgesetzt. Grametz wurde hinausgeführt und schon eine halbe Stunde vor der bestimmten Zeit aufgehängt. Kaum war die Hinrichtung vollzogen, so kam ein Gerichtsbote dahergesprengt und verkündete im Auftrag des Deutschmeisters, des höchsten Gerichtsherrn, die Begnadigung des Verurteilten. Eiligst wurde der Gehenkte vom Galgen abgeschnitten, allein er war schon tot und alle Bemühungen, ihn ins Leben zurückzurufen, waren erfolglos.

Das soll der Letzte gewesen sein, der auf dem Galgenberg in Erlenbach vom Leben zum Tod gebracht wurde. An der Stelle der Mordtat wurde der oben genannte Bildstock errichtet.

Der geisterhafte Hase

Zu Graf Eberhard von Wirtembergs Zeiten gingen einmal an einem Karfreitag der junge Edelmann Gumpold von Gültingen und Eberhards Forstmeister Ulrich im Mönsheimer Wald auf Hasenjagd. Sie hatten ein sonderliches Glück; denn es gelang ihnen, ohne viel Mühe einen Hasen zu fangen. Der Forstmeister steckte ihn in einen Sack, nahm ihn auf den Rücken und machte sich in Begleitung des jungen Herrn von Gültingen auf den Heimweg. Als sie auf den Feldern draußen waren, hörten sie eine Stimme aus dem Wald ihnen nachrufen: »Baita, Baita, lass mich mit dir! Wo bist du denn hingekommen?« Darauf gab der Hase im Sack Antwort und rief: »Hier bin ich, in Ulrichs Sack!« Der Forstmeister erschrak nicht übel, warf den Sack ab und knüpfte ihn auf – fand ihn aber zu seinem großen Erstaunen leer. Vor Schreck und Angst an allen Gliedern zitternd kamen sie nach Schloss Mönsheim und erzählten, wie es ihnen mit dem Hasen ergangen war. Sie mussten sich unverzüglich ins Bett legen. Der Forstmeister starb am dritten Tag unter großen Schmerzen; Herr Gumpold von Gültingen, um dessen Leben keiner mehr etwas gab, lag lange Zeit todkrank darnieder, ist dann aber doch nach schwerem Siechtum wieder ganz genesen.

Der Geist des Herrn von Gindelstein

Der Herr von Gindelstein reitet jedes Jahr in der Johannisnacht nach dem Liebenstein und dann zurück und durch die Klinge dem Neckar zu. Aufmerksame Lauscher können sogar den ihn begleitenden Hund bellen hören. In der Klinge wird der Ritter vom Klingenfräulein empfangen, das ihn bis zur Besigheimer Straße begleitet. Seinen festen Wohnsitz hat das Klingenfräulein auf jeden Fall in der Klinge.

Der Einsiedler im Felsengarten bei Hessigheim

Im Felsengarten wohnte einst ein Einsiedler in strenger Weltabgeschiedenheit. Er betete und fastete, fühlte sich vor jeder Gefahr gefeit und zündete des Abends ein Feuer an, um sich zu wärmen. Viele suchten bei ihm Trost und Rat und fanden es auch dort.

Viele alte Leute sehen heute noch das Feuer im Felsengarten brennen und wissen, dass der Einsiedler wieder oben ist.

Die drei dürren Brüder vom Galgen

Man erzählt sich wunderbare Historien, die dem Wildhans Spet begegnet sein sollen. Er hatte aber einen noch wilderen Vetter. Mit diesem Vetter ritt er an einem Samstag übers Feld. Dabei kamen sie am Hochgericht vorbei, an dem drei Gehängte sich im Winde drehten. Der Wildhans konnte es nicht unterlassen, die drei anzureden: »Ihr drei dürren Brüder, was hängt ihr allda? Kommt hernach zum Nachtessen aufs Schloss und seid meine Gäste!« Am Abend kamen die beiden Spet wieder ins Schloss zurück, ließen sich das Abendessen auftragen und saßen fröhlich zu Tisch. Da kam der

Diener in das Zimmer und meldete, draußen vor dem Tore stünden die drei dürren Brüder, sie begehrten Einlass und einen Platz am Tisch. Wildhans ließ ihn antworten, sie mögen sich wieder an ihren Ort zurückbegeben und sich um seine Rede nicht bekümmern. Er wolle mit ihnen nichts zu tun haben.

Aber die drei waren mit solcher Antwort nicht zufrieden und bestanden darauf, er habe sie eingeladen, und sie möchten mit an seinem Tische sitzen. Als der Wildhans und sein Vetter merkten, dass die drei dürren Brüder sich nicht abweisen ließen, lief beiden ein Schauer über den Rücken und sie bekamen es mit der Angst zu tun. Schließlich, als sie keinen besseren Rat mehr wussten, kamen sie überein, die drei vorzulassen. Sie kamen schlürfend die Stiege herauf, setzten sich nebeneinander an den Tisch, den Edelleuten gegenüber, und taten so, als ob sie äßen.

Nachdem sie gegessen hatten, standen alle drei wieder auf, und der Kleinste bedankte sich, indem er hinzufügte, Wildhans solle keinen Hingerichteten, der mit seinem zeitlichen Tod gebüßet habe, mehr bespotten und bereden. Sie alle drei hofften, mit ihrem Tod das ewige Leben gewonnen zu haben. Damit zogen sie wieder ab.

Der Wildhans Spet verstand die Worte und befolgte sie. Nie mehr hat er jemand verspottet. Und nie mehr ist er den Weg am Hochgericht vorbeigeritten.

Die Geister im Waldschloss

Freiherr Albrecht von Zimmern besuchte einst seinen Herrn und Gönner Herzog Friedrich von Schwaben, der ihm zu Ehren einen Ausritt ins Zabergäu zum Grafen Erkinger von Magenheim veranstaltete. Der freute sich sehr über den Besuch und lud seine Gäste zu einer Jagd in den weiten Wäldern des Strombergs ein. Dort wurde schon seit längerer Zeit an wechselnden Orten ein überaus stattlicher Hirsch gesehen, den aber keiner der gräflichen Jäger zu erlegen vermochte. Auch bei diesem Jagdzug zeigte er sich wieder. Als Herr Albrecht in einem entlegenen Gehölz die Fährte suchte, tauchte unversehens der Hirsch auf, war jedoch im selben Augenblick wieder verschwunden. Herr Albrecht nahm die Verfolgung auf, ritt kreuz und quer durch den Wald, verirrte sich und wusste nicht mehr, wo er war.

Plötzlich stand ein riesengroßer Mann vor ihm und sah ihn schweigend mit ernstem Gesicht an. Obwohl Herr Albrecht sonst ein unerschrockener Mann war, erschrak er doch bei diesem Anblick und bekreuzigte sich. Da sagte der geisterhafte Mann, er brauche nichts Böses zu befürchten, sondern solle ihm folgen. Er werde ihm wunderbare Dinge zeigen, die er noch nie gesehen – nur solle er kein Wort über seine Lippen gehen lassen und nur das tun, was er ihn heiße.

Nach kurzer Zeit kamen sie zu einem herrlichen, mit Mauern und Türmen bewehrten Waldschloss. Auf höflichste Weise, aber schweigend, wurden sie von den Dienern empfangen und ins Schloss geführt. In einem großen schönen Saal saß ein vornehmer Herr mit seinem Hofgesind zu Tisch. Bei ihrem Eintritt erhoben sich alle, neigten zum Gruß vor Herrn Albrecht ehrerbietig das Haupt und setzten sich dann wieder zu Speise und Trank nieder. Herr Albrecht von Zimmern stand eine gute Weile verwundert da und betrachtete den herrlichen Saal und die schweigende Tischgesellschaft. Dann trat sein Begleiter zu ihm und gab ihm durch Zeichen zu verstehen, er möge sich vor dem Herrn und seinem Hofgesind verneigen. Er tat, wie ihm geheißen. Alle erhoben und verneigten sich, und schweigend führte der, der ihn hierher geleitet, den Freiherrn wieder an den Platz im Strombergwald zurück, an dem sie einander begegnet waren.

Nun erst begann der geisterhafte Mann wieder zu sprechen und sagte: »Das Schloss und was du darin gesehen hast mag dich wohl wundernehmen. Der Schlossherr ist deines Vaters Bruder, der Herr Friedrich von Zimmern gewesen, ein christlicher frommer Herr, der viel gegen die Ungläubigen im Heiligen Land gekämpft hat. Ich aber und alle die andern, die um ihn saßen, waren einst seine Diener und Knechte. Weil er aber in seinem Leben die armen Leute ungerecht und oft auf gewaltsame Weise mit Steuern belegt hat, um das Geld für seine Kriegsfahrten zusammenzubringen – darum müssen wir, die an diesem Unrecht mitgeholfen haben, mit ihm büßen und unaussprechliche Pein leiden. Dies sei dir, Herr Albrecht von Zimmern, zu wissen getan, damit du dich vor dieser und andern Sünden hütest und dich bemühst, ein besseres Leben zu führen.« Der Geist wies ihm noch den rechten Weg aus dem Wald, dann verschwand er. Als Herr Albrecht sich nochmals umwandte, sah er das Schloss in Flammen aufgehen. Als er auf Erkingers Burg und zu seinen Jagdgefährten zurückkehrte, vermochten sie ihn kaum mehr zu erkennen, denn sein Haar und Bart waren schneeweiß geworden.

Herr Albrecht bat den Grafen Erkinger um einen Baugrund in seiner Landschaft, damit er auf ihm zu Gottes Lob ein Kloster erbauen könne. So entstand an dem Ort, wo diese wundersame Geschichte sich zugetragen, das Kloster Frauenzimmern.

Die feindlichen Brüder auf Lichtenberg

Gegenüber dem Wunnenstein bei Oberstenfeld liegt die Burg Lichtenberg. Um deren Besitz stritten sich einst zwei Brüder. Sie zogen gegeneinander ins Feld und vor der Burg kam es beim Stauferhof zur Schlacht. Der eine der Brüder ließ dem andern ausrichten, er werde ihn hungers sterben lassen, wenn er ihn in seine Gewalt bekomme. Der andere aber gab zur Antwort, er werde seinen Bruder verdursten lassen.

Der Letztere siegte, nahm den Bruder gefangen, warf ihn ins Burgverlies und gab ihm, wie er angedroht hatte, nur trockenes Brot ohne alles Getränk. Der Gefangene aber stillte seinen Durst mit der Feuchtigkeit, die aus den steinernen Mauern schwitzte. Der Bruder konnte nicht begreifen, wodurch der andere sein Leben so lange zu erhalten vermochte. Deshalb schickte er unter dem Vorwand des Abendmahls seinen Burgpfaffen zu dem Gefangenen hinab. Der entlockte ihm durch die Drohung mit der Absolutionsverweigerung das Geheimnis und hinterbrachte es seinem Herrn. Darauf ließ dieser das Gefängnis mit Brettern ausschlagen.

Als nun der Eingekerkerte wirklich vor Durst gestorben und des Bruders Rache befriedigt war, fühlte dieser Reue und heftige Gewissensbisse. Er ließ den Burgpfaffen kommen, führte ihn auf die Zinne des Turms, warf ihn hinunter und stürzte sich selbst hinter ihm her.

Burg Stolzeneck

Von der Burg Stolzeneck bei Eberbach soll ein unterirdischer Gang ausgehen bis hinunter ans Ufer des Neckars. Der hat den Raubrittern bei ihren Raubzügen gedient. Sie spannten eine Kette über den Neckar, um die Schiffe anzuhalten. Dann raubten sie die Pferde, die das Schiff zogen. Die Leute, die ihre Pferde zum Ziehen der Schiffe herliehen, hieß man Halfreiter. Sie brachten die Schiffe von Heidelberg bis Neckarelz. Auf dem Heimweg wichen die Halfreiter der Burg Stolzeneck aus und ritten durch den Wald. Ein damals benutzter Waldweg bei Neunkirchen heißt heute noch der Halfreitersweg.

Das steinerne Kreuz im Löwensteiner Wald

Vor vielen hundert Jahren lebte zu Löwenstein der Jägerbursche Gilg, ein junger, schmucker Mensch, dem das grüne Jagdkleid und der Hut mit den kecken Adlerfedern gar wohl standen. Ging er mit seinem Grafen zur Jagd, die Armbrust auf dem Rücken und die bellenden Rüden an der Leine, so schaute ihm manches Auge mit Wohlgefallen nach. Auf dem »Stutz« bei den Linden gab es am Sonntag keinen gewandteren Tänzer als den Gilg und abends, wenn die jungen Paare beim Wein im Löwenwirtshaus saßen, keinen besseren Sänger als ihn. Was Wunder, dass ihm die Mädchen hold waren und jede wünschte, ihn einmal zum Manne zu bekommen.

Ganz besonders zwei Mädchen hatten ihn im Auge: Die schwarze Käthe am unteren und die blonde Liese vom oberen Tor. Auch Gilg sah diese beiden gern; denn sie waren, jede in ihrer Art, wohl die schönsten Mädchen des Städtchens und dabei vermöglich; ihre Väter besaßen schöne Weinberge und Obstgärten an den sonnigen Halden des Löwensteiner Berges. Aber der junge Gilg hatte einen Fehler: Er war lange Zeit unentschlossen und wusste nicht, welcher von beiden er den Vorzug geben sollte. Stieg er vom Teusserbad herauf, so hatte er seine helle Freude an dem kecken Geplauder der schwarzen Käthe vom unteren Tor. Aber er vergaß sie, wenn er am oberen Tor vorbeikam und hier der stillen blonden Liese begegnete. So schwankte er zwischen beiden hin und her. Und obwohl ihm der Graf ein kleines

Lehen gegeben und die Heiratserlaubnis erteilt hatte, konnte er sich doch nicht zur Wahl entschließen. Darüber vergingen die Jahre. Beide Mädchen wollten von anderen Burschen nichts wissen; beide hofften fest auf den Jägergilg und wurden ebendeshalb einander spinnefeind.

Eines Tages ging die schwarze Käthe, um Gras zu holen, mit Korb und Sichel hinaus in die Bergwälder am Bleichsee südlich des Städtchens. Es war ein sonniger Frühlingstag; die Vögel sangen in den Zweigen, und ein leiser Windhauch strich über den Spiegel des Waldsees, ihn zu sanften Wellen kräuselnd. Aber Käthe hatte kein Auge für diese Schönheit. Sie dachte an den Jäger und an die blonde Liese, und bitterer Groll gegen die Nebenbuhlerin erfüllte ihr Herz. Als sie einen grasreichen Grund erreicht hatte, stellte sie den Korb nieder, zog das Mieder aus und fing an, mit der scharfen Sichel das Gras abzuschneiden. Kaum hatte sie begonnen, so rauschte es im nahen Gebüsch; die Zweige bogen sich auseinander, und heraus trat die blonde Liese, einen Korb voll Gras auf dem Kopf tragend. Überrascht standen die beiden Mädchen einander gegenüber und maßen sich mit feindseligen Blicken. Dann aber wollte die Liese weitereilen, ohne sich weiter um die Nebenbuhlerin zu kümmern. Doch da fragte diese in spöttischem Ton: »Hat dir der Jäger geholfen, dass du so bald fertig bist?« – »Das geht dich nichts an!«, erwiderte Liese zornig. Und schon war ein Streit begonnen, der heftig und immer heftiger wurde und schließlich zu Tätlichkeiten führte. Die heißblütige Käthe schlug ihre Gegnerin mit der Sichel über den Kopf, dass die scharfe Spitze sich herabbog zum Hals und die Schlagader durchschnitt. Mit einem gellenden Aufschrei sank die Unglückliche zu Boden, und das Blut spritzte und rötete im Augenblick Hals und Brust. Als Käthe sah, was sie angerichtet hatte, ließ sie die Sichel fallen und floh entsetzt in den Wald hinein. Sinnlos irrte sie wie gehetzt durch Busch und Gesträuch und kam erst nach Hause, als es schon dunkel wurde.

Die Liese hatte sich unterdessen verblutet. Ein Holzhauer, der zufällig an der Mordstelle vorbeikam, fand sie tot in ihrem Blut liegen und brachte die Kunde von der bösen Tat nach Löwenstein. Unter dem Zulauf der Leute wurde die Tote ins Städtchen gebracht und mit ihr auch Korb, Sichel und Mieder der Käthe, die sie bei ihrer eiligen Flucht zurückgelassen hatte. Noch in der gleichen Nacht wurde die Käthe verhaftet und in den oberen Torturm, den »Tollehans«, gebracht. Vor Gericht gestellt, leugnete sie ihre Tat nicht ab, sondern zeigte tiefe Reue. Gleichwohl ward sie nach den strengen Gesetzen jener Zeit zum Tode verurteilt. Und schon nach wenigen Tagen wurde sie draußen auf dem »Stutz«, wo sie so oft in froher Jugendlust beim Tanz gewesen war, durch den gräflichen Scharfrichter vom Breitenauer Hof enthauptet. So hatten binnen kurzer Frist die beiden unglücklichen Mädchen in traurigster Weise ihr Leben beendet.

Gilg aber, der Jägerbursche, war von da an ganz verwandelt. Nie mehr sah man ihn lachen, und weder zum Tanz noch beim Wein und Sang fand er sich ein. Einsam streifte er durch Feld und Wald, traurigen und trüben Gedanken nachhängend. Als bald darauf die verbündeten schwäbischen Städte ins Gebiet des Grafen Eberhard von Wirtemberg einfielen und Graf Albrecht von Löwenstein dem Wirtemberger zu Hilfe zog, da erbat sich Gilg die Erlaubnis, als reisiger Knecht mitziehen zu dürfen. Bei Döffingen im oberen Gäu, wo die Städter den festen Kirchhof belagerten, kam es im August 1388 zur Schlacht. Die Württemberger siegten; aber Graf Albrecht von Löwenstein fiel im heißen Kampfe und an seiner Seite, tapfer fechtend, auch Gilg, der Jägerbursche. Im Döffinger Kirchhof fand er mit anderen Gefallenen sein Grab. Den toten Grafen aber brachte man nach Löwenstein, wo er in der Kirche beigesetzt wurde. Sein Grabstein ist noch erhalten und heute in die Mauer des so genannten Lustgartens beim Löwensteiner Stadtschloss eingefügt. Auch die Stätte, wo einst die blutige Tat im Wald geschah, wird noch gezeigt. Ein altersgraues Kreuz aus Stein, ohne Namen und Inschrift, tief eingesunken in den Waldboden, bezeichnet den Ort. Ringsum aber rauscht der Wald, der von dem Denkstein den Namen »Steinernes Kreuz« erhalten hat.

Das Hündchen von Bretten

An einer Kirche zu Bretten im Kraichgau ist ein Hündchen ohne Schwanz in Stein abgebildet. Hierüber erzählt man sich Folgendes: Es hatten Feinde das Städtchen Bretten schon ziemlich lange belagert und wollten es aushungern. In ihrer Not legten die Bürger die Reste ihrer letzten Lebensmittel zusammen und mästeten damit ein Hündchen. Als dieses so recht dick und fett war, ließ man es zum Stadttor hinaus ins feindliche Lager laufen. Sobald die Soldaten das fette Hündchen sahen, dachten sie: »Haben sie den Hund so füttern können, dann müssen sie gewiss noch genug zu beißen haben.« Sie gaben die Belagerung auf und zogen ab. Zuvor aber hieben sie dem Hündlein den Schwanz ab und schickten es verstümmelt wieder in die Stadt. Zum Dank an das Hündchen ließen die Brettener ihren Retter in Stein aushauen und anfangs auf das Stadttor, später außen an die Laurentiuskirche setzen.

Andere erzählen die Geschichte so: In Bretten lebte vor Zeiten ein Mann, welcher ein Hündchen zu mancherlei Diensten abgerichtet hatte. Das pflegte er auf Besorgungen zu schicken, indem er ihm einen Korb ins Maul gab, worin ein Zettel mit dem nötigen Geld lag. Auf diese Weise brachte es auch vom

Metzger Fleisch und Wurst nach Hause, ohne auch nur einen Bissen davon anzurühren.

Einmal aber sandte es sein Herr, der evangelisch war, an einem Freitag zu einem Metzger, der katholisch war und sich streng an die Fastenzeit hielt. Als nun das Hündlein mit seiner Bestellung zu ihm kam, hielt der es fest, schnitt ihm den Schwanz ab und legte ihn in den Korb mit den Worten: »Da hast du Fleisch!« Das Hündlein aber, beschimpft und verwundet, trug den Korb dennoch treulich über die Gasse nach Hause, legte sich nieder und verstarb. Die ganze Stadt trauerte, und das Bild eines Hündleins ohne Schwanz wurde in Stein gehauen übers Stadttor gesetzt.

Der kopflose Reiter aus Weiler

Ein Diener des Barons von Weiler wurde beschuldigt, einen goldenen Becher gestohlen zu haben. Verzweifelt beteuerte er immer wieder seine Unschuld. Dennoch wurde er zum Tode verurteilt und zur Hinrichtungsstätte am Bildstöckle geführt.

Gerade sollte er den Todesstreich empfangen, als man einen Boten eilends heranreiten sah. Ohne auf den Boten zu warten, rief aber der Vogt dem Henker zu: »Hau nur zu!« So starb der Unglückliche für eine nicht begangene Missetat, bevor der Bote mit der Begnadigung sein Ziel erreicht hatte. Inzwischen hatte sich nämlich der goldene Becher wieder gefunden, war die Unschuld des Dieners bewiesen worden.

Seitdem nun soll in der Christnacht durch das Amtshaus und die Herrengasse hinab alljährlich ein Reiter entlangreiten mit seinem Kopf unterm Arm. Manche sagen, dass ein gutes Weinjahr bevorstehe, wenn der Knecht des früheren Barons von Weiler kopflos mit furchtbarem Getöse durch das Dorf reitet.

Andere Quellen behaupten, es handle sich bei dem kopflosen Reiter um den einstigen, besonders strengen Baron von Weiler selbst: Der Baron ritt immer auf seinen Wegen ins oder vom Bottwartal durch Willsbach. Die Willsbacher waren ihm zehnt-, fron- und dienstpflichtig und hassten ihn daher auch sehr. So mussten sie zum Beispiel jedes Jahr ein Fastnachtshuhn auf dem Schloss abliefern. Beim Tode des Bauern musste die beste Kuh aus dem Stall, beim Tode der Bäuerin das beste Kleid der Verstorbenen abgegeben werden.

Jener besagte Baron also soll wegen seiner Strenge und Härte keine Ruhe im Tode gefunden haben und müsse nun zur Strafe in den Zwölf Nächten in wahnsinnigem Galopp, vom Heerweg kommend, die alte Mühlstraße hinunter über die Sulm und den Kreuzweg entlang gen Weiler reiten – mit seinem Kopf unterm Arm.

Historisch verbürgt ist die Tatsache, dass 1848 Bauern aus Neuhütten und Maienfels die eroberten Rechnungsbücher des Barons im Schlosshof verbrannten. Bei jedem Aufwirbeln von verkohlten Blättern sollen die Anführer geschrien haben: »Wieder ein Fastnachtshuhn weniger!«

Das Weinsberger Fass

Wie viele andere schwäbische Städte war auch Weinsberg einmal eine freie Reichsstadt. Sie verlor aber schon früh wieder ihre Freiheit und dies auf höchst merkwürdige Weise.

In einer dunklen Nacht des Jahres 1440 kam ein mit vier Pferden bespannter Wagen vor das Weinsberger Stadttor gefahren.

Da das Tor schon geschlossen war, rief der Fuhrmann nach dem Torwart und bat um Einlass. Er sei von der Nacht übereilt worden, erklärte der Fuhrmann, deshalb könne er Heilbronn nicht mehr erreichen und müsse wohl oder übel in Weinsberg über Nacht bleiben. Weil es draußen stürmte und regnete, öffnete der Wächter das Tor, und der Fuhrmann fuhr mit seinem Wagen in die Stadt und vor das nächstgelegene Wirtshaus. Im Lichtschein, der aus den Fenstern der Schankstube fiel, sah man, dass auf dem Wagen ein Fass war, so groß, wie man in Weinsberg noch keines gesehen hatte. Der Fuhrmann spannte seine Pferde aus, trank drinnen noch einen Schoppen Wein und verlangte dann den Schlüssel zu seinem Gastzimmer. »Ich bin müde«, sagte er zum Wirt, »und muss morgen in aller Frühe weiterfahren, damit ich zur rechten Zeit in Heilbronn ankomme.«

Nach Mitternacht aber, als die Stadt im tiefsten Schlafe lag, wurde es in dem Fass lebendig. Der Fassboden tat sich auf und heraus stiegen ganz sacht mehrere Gewappnete. Auch der Fuhrmann kam herbeigeschlichen, und nun ging's dem Torhäuslein zu, wo die Nacht über drei Bürger die Wache hielten. Die dachten an nichts Böses, lagen auf der Ofenbank und plauderten miteinander. Da ging plötzlich die Tür auf und herein stürzten die Gewappneten aus dem großen Fass. Ehe die erschrockenen Wächter einen Laut von sich geben konnten, waren sie von den Eindringlingen niedergemacht. Darauf öffneten die Gewappneten das Tor, und Ritter und Knechte, die vor der Stadt im Hinterhalt gelegen hatten, drangen herein, besetzten Tore und Türme und schlugen alles nieder, was Widerstand leisten wollte. Die Feinde waren in großer Überzahl, und den überraschten Bürgern blieb nichts anderes übrig, als sich in ihr Schicksal zu ergeben.

Ein paar raubgierige Ritter unter ihrem Anführer Kunz von Bebenburg hatten sich mitten im Frieden diesen Überfall auf

Weinsberg geleistet. Sie wussten, dass sie den machtlosen Kaiser nicht zu fürchten hatten, waren Todfeinde der wohlhabenden freien Städte und hofften bei diesem Anschlag ein gutes Geschäft zu machen. Dies gelang ihnen auch über Erwarten; denn der Kurfürst von der Pfalz, der schon lange ein Auge auf Weinsberg hatte, kaufte ihnen die Stadt um 3300 Goldgulden ab, die aber die Weinsberger selber bezahlen mussten. Wohl forderte der Kaiser die Rückgabe der Stadt; da er aber in seiner Machtlosigkeit seinen Worten keinen Nachdruck verleihen konnte, scherte sich der Kurfürst keinen Deut um ihn. Auch der Schwäbische Städtebund, zu dem Weinsberg gehörte, konnte gegen den mächtigen und gewalttätigen Kurfürsten nichts unternehmen. So wurde Weinsberg eine pfälzische Stadt und blieb es bis zum Jahre 1504, als Herzog Ulrich sie eroberte und für immer mit dem Württemberger Land vereinigte.

Der Pfeifer von Ilsfeld

Der Melcher Nonnenmacher, aus Ilsfeld im Unterland gebürtig, war ein armer Spielmann, der als Zinkenist oder Pfeifer in den Diensten des Grafen von Helfenstein stand. Er sah dort, in welcher Pracht, Verschwendung und Lasterhaftigkeit die Herren und Damen des Hofes lebten, und musste daran denken, wie hungrig, arm und freudlos das Leben des geringen Volkes in den Dörfern war, das unter der Last der Arbeit und der Steuern schmachtete. Aus solcherlei Gedanken und Erfahrungen wuchs allmählich in des Pfeifers Herz ein böser Zorn, so dass er nur auf die Gelegenheit sann und wartete, es den Herren zu gegebener Zeit gehörig heimzuzahlen.

Als nun im Jahr 1525 die Bauern sich wider ihre Bedrücker erhoben, lief Melcher seinem Herrn davon und schlug sich zu dem hohenlohischen Bauernhaufen. Da gab es bald auf den Feldern um Weinsberg einen Tanz, bei dem der Helfensteiner von den Bauern durch die Spieße gejagt wurde und der Pfeifer von Ilsfeld seinem einstigen Herrn auf seinem letzten Gang ein lustig Liedlein so recht zum Spott und Hohn blasen konnte.

Nach der Böblinger Schlacht, als sich das Blättlein wandte und der Bauern führerlose Haufen vom Truchsess von Waldburg, dem Bauernjörg, blutig geschlagen wurde, da gelang es dem Melcher und etlich andern gerade noch zu fliehen und sich im Städtlein Sindelfingen zu verbergen. Der Truchsess erhielt jedoch Kunde davon, ritt vor das Stadttor und drohte den Bürgern: »Ihr berget in euren Mauern den Pfeifer von Ilsfeld und seine Mordbrüder, die den Tod meines edlen Vetters von Helfenstein auf dem Gewissen haben! Gebt daher den heraus, den ich suche! Geschieht's nicht innerhalb einer Stunde, lasse ich eure Stadt stürmen und an allen vier Ecken anzünden!« Die Sindelfinger suchten in ihrer Angst alle Winkel der Stadt ab, und eine Bürgerstochter, des Klotzen Madel, fand den Pfeifer endlich in einem Taubenschlag. Der Bauernjörg frohlockte in seinem Grimm und in seiner Rachsucht. Er ließ den Pfeifer aufs freie Feld gegen Maichingen hinausführen, an einen alten Apfelbaum binden und auf einem rasch herangeschleppten Holzstoß verbrennen. So starb in der bösen Fehde zwischen Herren und Bauern der Pfeifer von Ilsfeld.

Der große Hecht im Böckinger See

Im Jahre 1230 weilte der hochberühmte Hohenstaufe Friedrich II. in den Mauern von »Hailprunn«. Durch die Gnade des Kaisers erhielt die junge Stadt hervorragende Rechte und Freiheiten. Dafür verehrten die Bürger dem Herrscher unter anderem einen Hecht von seltener Größe und Schönheit, den ein Fischer im Neckar gefangen hatte. Der Kaiser staunte nicht wenig über das herrliche Tier und setzte es lebend, wie man es ihm geschenkt hatte, in den Böckinger See in der Nähe der Stadt. Zuvor aber ließ er dem Fische einen kupfernen Ring um den Hals befestigen, auf dem standen die Worte: »Ich bin der Fisch, welchen Kaiser Friederich der Andere mit seinen eigenen Händen in diesen See gesetzt, den 5. Oktobris im 1230. Jahr nach der Geburt Christi«.

Jahrhunderte vergingen. Kein Mensch dachte mehr an den Kaiser, dessen erlauchtes Geschlecht leider so bald vom Unglück hinweggerafft wurde, und noch weniger an den Fisch dort im stillen, tiefen Böckinger See. Da, im Jahre 1497, geschah das Merkwürdige: Aus den Fluten des Sees zog man eine seltene Beute. Ein Riesenhecht von mehr als Manneslänge, mit breitem Maul und bemoostem Kopf, ein wahres Ungeheuer von Fisch zappelte im Netz des Fischers. Und, siehe!, an seinem Halse, tief ins Fleisch hineingewachsen, trug er den kupfernen Ring mit der oben genannten Inschrift. Auf dem Rathause der Stadt stellte man das Wundertier zur Schau aus.

Die Chronik des Rats wurde aufgeschlagen. Da fand man die Geschichte von dem alten Hechte, der dem Hohenstauferkaiser verehrt worden war. So hatte denn der Fisch 267 Jahre im Böckinger See sein Leben gefristet und Menschen- und Herrschergeschlechter überlebt.

Zum Andenken an das seltsame Ereignis ließ der Rat der freien Reichsstadt das naturgetreue Bild des Hechtes über dem Eingang zur alten bedeckten Neckarbrücke anbringen. Und noch heute prangt die Tafel mit dem Bilde des Fisches vor der Tür des Rathaussaales in Heilbronn, und jedes Kind kennt die Geschichte von dem großen Hecht im Böckinger See.

Der Siebenrohrbrunnen und die Gründung Heilbronns

Die Anfänge der Stadt Heilbronn liegen weit zurück im dämmerigen Bereiche der Sage. Wie der Name der Stadt verkündet, verdankt sie ihre Entstehung einem Wunderquell oder Heilbrunnen.

Karl der Große, so berichtet die Sage, hatte einst in der Gegend eine Jagd veranstaltet; denn noch waren die Hügel rings um den Neckar mit dichtem Wald bedeckt, in dem Ur und Elch, Hirsch und Eber hausten. Über Tal und Höhen ging die wilde Jagd des Frankenkaisers und seiner Begleiter. Da gelangte der lärmende Tross aus dem finstern Dickicht der Wälder ins Tal hinab zu einer sonnigen Lichtung, wo im Schatten einer uralten Eiche ein klarer Quell zu Tage sprang.

Überrascht von der Lieblichkeit des Ortes stieg der Kaiser vom Rosse, sank ermüdet vom heißen Ritte ins grüne Gras und trank in vollen Zügen das herrliche Nass.

Am Quell aber stand ein Altar, auf dem die Alemannen ihren Göttern zu opfern pflegten. Das verdross den christlichen Kaiser und er beschloss, auch hier der Nacht des Heidentums zu steuern.

Fromme irländische Mönche und Glaubensboten erschienen bald unter dem Schutze des mächtigen Kaisers im lieblichen Gelände um den Neckar, verkündigten den rauen Söhnen Alemanniens die frohe Botschaft des Heils in Christo, zerstörten am geweihten Quell den Altar der Heidengötter und pflanzten an seiner Stelle das Kreuz auf. Von nah und fern strömten die trutzigen Recken herbei und empfingen am heiligen Brunnen die Weihe der Taufe. Bald erhob sich am geweihten Orte ein kleines Gotteshaus zu Ehren des heiligen Michaels und an seiner Stelle später, als sich die menschlichen Niederlassungen stetig mehrten, die ehrwürdige Kirche zu Sankt Kilian. Der Heilsbrunnen aber, nach dem der rasch aufblühende Ort genannt wurde, sprudelte aus sieben Röhren im Schatten des Münsters als Wahrzeichen der Stadt, bis er plötzlich im Jahre 1857 versiegte.

Der starke Beilstein

Das Geschlecht der Freiherren von Lichtenberg auf Burg Lichtenberg im Bottwartal war der leiblichen Größe und unglaublichen Stärke wegen weitum berühmt. Herr Jakob von Lichtenberg war nicht nur selbst von solch mächtiger Körpergestalt, sondern hatte auch etliche Dienstleute um sich, die ihm hierin nicht nachstanden. Einer von ihnen, ein Edelmann, genannt der Beilstein, war ihm seiner Stärke wegen besonders lieb.

Nun war es von alters her im Schloss Lichtenberg der Brauch, dass keinem, ob Edelmann oder Knecht, eine Morgensuppe gegeben wurde, ehe er dem Koch ein Scheit Holz in die Küche getragen hatte. Eines Tages begehrte der starke Beilstein eine Suppe, obwohl er dafür kein Scheit mitgebracht. Der Koch weigerte sich, ihm die Schüssel zu füllen, und forderte, dass er erst Recht und Brauch einhalte. Entrüstet und in Zorn geraten verließ der Beilstein die Küche. Da sah er im Schlosshof einen

mit Holzknüppeln beladenen Esel stehen, nahm ihn freiweg auf den Rücken, trug ihn in die Küche und warf den ganzen Plunder dem Koch vor die Füße. Einige Dienstleute führten darüber bei Herrn Jakob Klage, bedeuteten ihm, dass dieses Gebärden eine Missachtung des Burgfriedens sei und verlangten einhellig, ein solches Benehmen nicht ungerügt zu lassen. Der Herr von Lichtenberg aber lachte nur und sagte: »Wenn's einer von euch ihm nachmacht, dann will ich den Beilsteiner bestrafen.« Keiner der adeligen Herren hat's aber versucht, es ihm nachzutun.

Doktor Faust und sein Freund Abt Entenfuß in Maulbronn

In einer Ecke des Gartens, der hinter der Prälatur und den Kreuzgängen lag, war an die Klostermauer ein Turm angebaut, den man den Fauststurm hieß; denn er diente einst dem berühmten Doktor Faust zum Laboratorium und Aufenthaltsorte.

Der Abt Johannes Entenfuß war ein besonderer Freund Fausts und räumte ihm bei Besuchen diesen Turm zur Wohnung ein; das war im Jahr 1516.

Entenfuß und Faust waren in dem nahen Städtchen Knittlingen geboren. Ein Zeugnis, dass Fausts Geburtsort Knittlingen war, gab Melanchthon in seinen Tischreden mit den Worten: »Ich habe einen gekannt, mit Namen Faust von Knittlingen, einer Stadt in der Nähe meiner Vaterstadt (Bretten). Er hatte auf der Schule zu Krakau die Magie gelernt, schweifte überall herum und lernte viele Geheimnisse. Er wollte sich zu Venedig sehen lassen und sagte: er wolle gen Himmel fliegen. Der Teufel

aber zog ihn herab und gab ihm einen solchen Stoß, dass er auf die Erde stürzte und fast gestorben wäre; doch starb er nicht.

Vor wenigen Jahren saß dieser Johannes Faust abends gar traurig in einem Dorfe. Der Wirt fragte ihn: warum er gegen seine sonstige Art und Weise so traurig sei. Er sagte: ›Lass dich heute Nacht nicht erschrecken.‹ Um Mitternacht nun bekam das Haus einen Stoß. Als morgens Faust nicht aufstand und es fast schon Mittag war, ging der Wirt in sein Zimmer und fand ihn neben dem Bette auf dem Gesichte liegen; und so hatte ihn der Teufel getötet. Er hatte, solange er lebte, einen Hund bei sich, welcher ein Teufel war.«

Es ist schade, dass Melanchthon das Dorf nicht benannte, in dem Faust sein tragisches Ende gefunden haben soll. Zu Maulbronn sagte man nicht anders, als dass ihn der Teufel auch in jenem Turme seines Freundes, des Abts Johannes Entenfuß, geholt habe.

Doktor Faust

Eine Stunde von Maulbronn, in dem Städtchen Knittlingen, ist der berühmte Zauberer Johannes Faust geboren. Nachdem er viel studiert und spekuliert und mit Hilfe des Teufels, dem er dafür seine Seele verschreiben musste, manchen höllischen Spuk allerorten angestiftet und ein ruch- und gottloses Leben geführt hatte, holte ihn endlich der Teufel zur bestimmten Stunde, als sich Faust gerade in Maulbronn aufhielt.

Dort kann man heute noch ein Gemach sehen, in dem der Zauberer hauste. An der Wand befindet sich noch ein unabwaschbarer Blutfleck. Hier schlug ihm der Teufel den Schädel ein, als er mit der Seele des Zauberers davonging.

Man erzählt vielerlei Geschichten von Doktor Faustus. Der Teufel musste ihm in allem gefällig sein und ihm alles beibringen, was er nur haben wollte. So musste er ihm mitten im Winter etwa reife Erdbeeren auftischen oder mitten im Hochsommer eine Schneebahn herrichten, damit sich Faust mit Schlittenfahren vergnügen konnte. Ferner befahl er oftmals dem Teufel, wenn Faust durch eine Stadt fuhr, das Straßenpflaster vor ihm aufzureißen und sogleich hinter ihm wieder zuzupflastern. Und dabei fuhr Faust nicht langsam. Umgekehrt musste der Teufel ihm wohl auch einen Feldweg pflastern, und, sobald er darüber gefahren war, das Pflaster augenblicklich wieder aufreißen.

Graf Bartscherer

Auf Schloss Liebenstein bei Neckarwestheim lebte vor Zeiten ein Graf, der die Leute dadurch zu Tode marterte, dass er ihnen mit einer Zange die Bärte ausriss. Nachdem er gestorben war, wagte niemand mehr das Schloss zu bewohnen, weil es arg darin spukte. Wer sich hineinwagte, wurde nie mehr gesehen.

Nun kamen einmal nach Neckarwestheim Soldaten ins Quartier. Weil nicht alle im Dorf untergebracht werden konnten, wurden zwanzig Mann auf das Schloss gelegt. Die Soldaten vergnügten sich lustig bis in die Nacht hinein mit Würfel- und Kartenspiel. Auf einmal öffnete sich die Tür und ein langbärtiger Mann in schwarzem Mantel trat herein. Er befahl den Soldaten, sich zurechtzusetzen, damit er ihnen die Bärte scheren könne. Lange wollte sich keiner dazu verstehen. Endlich ließ sich der Beherzteste von dem unheimlichen Mann den Bart abnehmen und darnach auch alle andern. Während sie so nacheinander barbiert wurden, bekamen sie ihren alten Mut wieder und scherzten und lachten, weil sie ohne Bärte so sonderbar aussahen. Als der geisterhafte Bartscherer mit allen fertig war, fragten sie ihn, ob sie ihn nicht erlösen könnten. Da erwiderte er: »Ich bin der Graf dieses Schlosses und kann nur von dem Mann erlöst werden, der in der Wiege geschaukelt wird, die aus dem Holz jenes Nussbäumchens gemacht worden ist, das drunten an der Gartenmauer steht.« Darauf verschwand er und es erscholl ein fürchterliches Geheul. Am nächsten Morgen aber hatten die Soldaten alle ihre Bärte wieder.

Der Schwabe von Bretten

Eine tapfere Tat verübten einst die Brettener im Jahre 1504, als der Herzog Ulrich von Württemberg mit 20 000 Mann in der Pfalz eingefallen war und dabei auch Bretten belagerte. Die Belagerer lagen nachts im besten Schlaf, wurden aber sehr unhöflich geweckt, denn die Brettener machten einen Ausfall und kamen ihnen so derb über den Hals, dass sie Geschütz und Munition im Stiche ließen und schleunigst Reißaus nahmen. Bei dieser Gelegenheit hielt ein Schwabe seinen Finger gerade in dem Augenblick vor die Mündung einer Feldschlange, als man sie losbrannte. Der Finger flog mit der Kugel weg, und der Schwabe schrie: »Au wai, au wai, no Bretta, glaubet's nau, komm i jo nimmi mai!«

Diese Geschichte war früher einmal auf die Wand des alten Rathauses gemalt.

Pfarrer Kindermann

Einige Jahre hindurch kam im Sommer fast alle vierzehn Tage ein Pfarrer aus der Gegend von Wimpfen zu meinem Vater (Justinus Kerner). Er war ein dicker, leicht schwitzender, doch in Bewegung und Gesprächen sehr lebhafter Mann von immensem Wissensdurst. In der Angst, in seinem abgelegenen Pfarrdorfe geistig abzumagern, kam er immer in unser Haus, um sich frisches geistiges Futter zu holen, er graste da mit Liebhaberei die Fremden ab. Sobald er ins Zimmer trat, fragte er meinen Vater: »Nichts Neues auf dem Lager?« Er meinte damit neu angekommene Gäste, und wenn er einen fand, aus dessen Unterhaltung er zu profitieren glaubte, namentlich wenn es ein Norddeutscher und gar Theologe oder Schulmann war, so war der Fremde für diesen Tag geliefert. Der Pfarrer hing sich blutegelartig an ihn, saugte ihn mit Fragen aus, abends ging er dann wohlgesättigt nach Hause und notierte sich das geistig Empfangene.

Der Pfarrer hatte viele Kinder und behauptete, jedes derselben sei in seiner Art ein großes Genie, tauge aber darum nicht in die Welt. Mein Vater nannte den Pfarrer immer Kindermann, obgleich er einen anderen Namen hatte, denn an einem Sonntagmorgen, da er auf der Kanzel stand und seinen Bauern eine feurige Rede hielt, wurde es ihm selbst so heiß dabei, dass er schwitzte und in die Tasche griff, um sich die Stirne zu trocknen. Als er aber das Sacktuch herauszog, sah er zu seinem Erstaunen, dass es über Gebühr lang und breit war und Ärmel auf der Seite hatte; statt des Sacktuchs hatte er zu Hause in der Eile ein Kinderhemd eingeschoben.

Wohl wenige der Zuhörer hätten es bemerkt, doch die Frau Pfarrer im Kirchenstuhl, nahe der Kanzel, rief im Schrecken: »Aber Christian!«

Der Sankt-Michaels-Berg

Die Gegend von Brackenheim bot viele romantische Punkte zu Spaziergängen und Wanderungen dar, und oft machten wir zum Ziel derselben den Michaelsberg mit seiner alten, dem Erzengel Michael geweihten Kirche und seinem Kapuzinerhospize. Die Aussicht auf diesem Berge erstreckt sich besonders gegen die Gaue des Neckars und die lange Reihe der Schwäbischen Alb.

Hier erblickt man eine Menge von Städten, Dörfern und Burgen; aber noch mehr als diese Fernsicht erfreuten mich immer die zwei alten langbärtigen Kapuziner in ihren kleinen, mit Blumen und Bildern geschmückten Zellen oder in ihrem Klostergärtchen, wo sie die schönsten Blumen anpflanzten, die mir ein Heimweh nach meinen im Kloster Maulbronn zurückgelassenen Blumen erregten. Das Innere der Kirche zeugte von hohem Alter: denn es fanden sich mehrere Säulen in ihr, deren Kapitelle römischen Ursprung verrieten; ja sie soll ein Tempel der Luna gewesen sein; denn man will in ihrer Nähe früher einen Mondaltar gefunden haben.

Die Kapuziner aber waren lustige Brüder, wozu ihnen der rebenreiche Berg wohl Veranlassung gab, auch die vielen frohen Gesellschaften, die von nah und fern bei schöner Frühlingszeit, statt der ehemaligen frommen Wallfahrten, auf diesen Berg wanderten und auf seiner Höhe sich mit Spielen und Tanzen, Essen und Trinken belustigten. Die Kapuziner mit den grauen Bärten und braunen Kutten machten da oft wacker mit.

Man sagt, auf diesem Berge habe der heilige Bonifatius mit dem Teufel einen Zweikampf gehabt, in welchem ihm der Engel Michael zu Hilfe gekommen; dabei habe der Engel eine Feder aus seinem Flügel fallen lassen, dieser habe der Heilige dann eine Kirche hier gestiftet und zu Ehren Michaels eingeweiht.

Die Feder, die lange Zeit in der Kirche bewahrt wurde, soll zur Zeit der Reformation von da weggekommen sein; man sagte, es habe sie ein alter Stadtschreiber aus Stuttgart, der von der katholischen zur lutherischen Kirche übergegangen, heimlich an sich gezogen. Vergebens baten die Mönche des Berges bei Herzog Ulrich um die Bestrafung des Stadtschreibers und Zurückgabe der heiligen Feder; sie erhielten keine Genugtuung. Darob in Zorn entbrannt habe der Erzengel Michael die Strafe der Vielschreiberei über Württemberg ausgeschüttet.

In späten Jahren, als Student, besuchte ich einmal mit meinem Freunde, dem Dichter Ludwig Uhland, diesen Berg.

Es waren schöne Herbsttage, und Uhland rief mich damals in einem Briefe mit folgenden Worten aus Stube und Haus: »Welch herrliches Herbstwetter! Es ist als riefe der Gott des Jahres uns zu: kommt herbei, die ihr nicht genossen des Frühlings, des Sommers arkadische Freuden, denen umsonst der Baum geblüht, die Rose geduftet! Die Halle meiner Freuden soll euch nicht ganz verschlossen werden, bevor auch ihr euren Teil davongetragen. Noch einmal schlag ich auf meinen blauen Himmel! Noch einmal lass ich meine Sonne herrlich leuchten. Meine Trauben sind reif, meine Weingärten geöffnet! Eilet herbei, die Zeit ist kostbar! Ersetzet, was ihr versäumt! Die ihr im Mai nicht von Liebe gesprochen, sprechet jetzt. Auch euer Liebchen rufe ich noch einmal in den Garten. Mädchen und Jünglinge! Lebet und liebet!«

Wir hatten von Ludwigsburg an miteinander die Wallfahrt nach dem Michaelsberge angetreten. Als wir uns dem rebenbekränzten Berge nahten, tönten uns aus den offenen Toren der Kirche Gesang und Orgelklang entgegen. Wir traten in sie in sehr frommer, romantischer Stimmung ein. Da hörten wir einen der Mönche das Evangelium in deutscher Sprache absingen. Mehrmals kamen in diesem Gesang die Worte vor: »Und als sie aßen von den Früchten des Weinstocks«, allein der Mönch sang, sooft diese Worte vorkamen, immer statt »des Weinstockes« »des Schweinstockes«. Dadurch wurden wir in aller romantischen Andacht gestört und brachen endlich in ein konvulsivisches Gelächter aus, das uns die Kirche eilends zu verlassen nötigte, um nicht die Andacht anderer zu stören.

Geheimnisvolle und unheimliche Begebenheiten

Der alte Geisterspuk in der Prälatur zu Maulbronn

In den Gängen der Prälatur, unter ihrem Dache, in ihren Zimmern und auf den Treppen, besonders der Wendeltreppe, die ins Dorment führte, herrschte im Jahre 1659 bis 1660 ein so gewaltiges Spuken, dass jenes Prälaten Weiland einfacher Geistergang nach der Prälaturkutsche dagegen eine Kleinigkeit war.

Alles, was unter dem Dache und in den Zimmern nur beweglich war, wurde wie von unsichtbaren Händen erhoben und spazierte zum Teil durch die Fenster hinaus in den Prälaturgarten oder in den Hof hinab.

Dabei sah man es im Garten oder dem Hofraume nicht niederfallen, sondern die Gegenstände schwebten langsam zur Erde, als würden sie vermittelst eines Seiles oder sie noch immer haltender Hände niedergelassen. Oft entstand in den verschlossenen Zimmern ein entsetzliches Gerumpel, als würde ein Arm voll Holz an die Türe geworfen; eröffnete man aber das Zimmer, so bemerkte man nichts in ihm als eine schwarze Katze, die sich aber immer während der Verfolgung verlor.

Oft lief es nächtlich die Schneckentreppe hinauf, nicht anders, als ginge jemand in großen, weiten Pantoffeln. Als man meinte, es werde nun oben erscheinen, hörte und erblickte man nichts mehr, dagegen warf es nun unten im Gange die Feuereimer, die dort hingen, teils untereinander, teils stellte es sie aufrecht in eine Reihe hin.

Der Prälat, er hieß Schlotterbeck, verließ die Prälatur und zog in eine andere Wohnung.

Auf seine Klagen sandte die Regierung eine Abteilung Soldaten, die Tag und Nacht in der nun menschenleeren Prälatur Wache halten musste. Früher hatten Bürger in ihr gewacht, aber wie sie wurden auch die Soldaten von dem Unwesen nur gefoppt und kamen auf keinen Grund.

Ebenso wenig brachten fürstliche Räte, die zur Untersuchung gesandt wurden, durch weitläufige Verhöre etwas heraus. Den 15. August nachts kam es in die Stube und dann in die Nebenstube und an das Bette, in dem der Offizier der Wache schlief, und schüttelte und rüttelte die Bettlade, so dass er vermeinte, mit derselben in die Höhe gehoben zu werden. Ein Hund, der mit ihm im Zimmer lag, sprang zum Zimmer, als würde er gejagt, hinaus.

Am 17. nachts sah einer von der Wache bei völliger Windstille zum Laden hinaus, kaum aber hatte er den Kopf wieder hereingezogen, schlug es den Laden wieder mit solcher Gewalt zu, dass er in Stücke zersprang.

In einer andern Nacht zwischen zwölf und ein Uhr entstand in mehreren Gemächern der Prälatur ein furchtbares Gepolter. Der auf der Wache stehende Soldat Brinkh eröffnete das Gemach, von wo aus die heftigsten Töne gingen; da war es ihm aber, als fahre etwas mit großem Ungestüme zum Zimmer hinaus, und es fing auf einmal ein solches Poltern und Krachen an, als würde ein großes Stück vom Dache abgehoben und in den Garten hinabgeworfen. Als man morgens das Dach untersuchte, fand man an ihm nichts verletzt, auch nichts im Garten liegen.

Von einer andern Nacht gab einer der wachhabenden Soldaten an: Als er vor des Prälaten Gemach Wache gehabt, sei etwas die Schneckenstiege heraufgerauscht; er habe nun nachgesehen, was es sei. Da habe er ein langes, weißes Ding (so war sein Ausdruck) erblickt. Als er der Schneckenstiege zugegangen und es genau habe visitieren wollen, sei es auf einmal zu einer runden Kugel geworden, die in die Stiege hinabgefahren. Oft legte es sich auf die Soldaten im Schlafe, ging schwer, und es war ihnen, als drückte ihnen eine schwarze Gestalt mit beiden Daumen fest aufs Herz. Am öftesten neckte es die Soldaten und auch die andern Bewohner unter der Gestalt einer schwarzen Katze, die aber größer als eine gewöhnliche Katze und hinten höher als vorn war. Die Regierung setzte einen Preis von vierzig Gulden auf die Habhaftwerdung dieses gespenstigen Tiers, aber nie konnte es gelingen, immer entwischte es. Diese Geisterkatze wurde meistens, nachdem irgend so ein Spuk geschehen war, sogleich gesehen.

Der Geist des Amtmanns in Binswangen

Als seinerzeit die Pfarrkirche in Binswangen erbaut wurde, trug das Kloster Amorbach den Hauptteil der Kosten. Die Bauaufsicht aber und die Verwaltung der einkommenden Gelder hatte der deutschherrische Amtmann Linder von Neckarsulm. Der unterschlug schwere Summen zu seiner und seiner Freunde Verlustierung. Der Bau der Kirche ging schlecht vorwärts, so dass das Kloster zuletzt eine Untersuchung gegen den verdächtigen Amtmann anstrengte. Es konnte aber nichts erwiesen werden. Der Amtmann schwor sich unschuldig, starb aber bei Sonnenuntergang am selben Tag auf eine plötzliche und unheimliche Weise.

Der Kirchenbau kam rasch zu Ende und der Tag der Kirchweih rückte heran. Kaum jedoch hatte der Bischof von Würzburg mit der Zeremonie begonnen, als ihm – nur für ihn hörbar – die Stimme eines Unsichtbaren höhnisch dareinredete. Auf die Frage des Bischofs: »Wer bist du?«, erscholl die Antwort: »Der Geist des Amtmanns Linder.« »Was willst du?«, fragte der Kirchenfürst. Der Geist erwiderte: »Ich muss hier büßen wegen Diebstahl von Kirchengeld und Meineid.« – »Im Namen Gottes, weiche von hier!«, befahl der Bischof. Der Geist indessen weigerte sich, weil der Bischof unrein sei, da er selbst als Knabe vom Acker des Nachbarn die größte Rübe entwendet und sich also am fremden Gute vergriffen habe. Der Bischof verwahrte sich mit der Begründung, er habe später an den Platz einen Groschen zur Buße gelegt. Der Geist wandte ein, der Bauer hätte den Groschen nicht gefunden, und die Schuld sei deshalb ungesühnt.

Der Bischof versuchte trotzdem, die Feierlichkeiten durchzuführen, doch der Geist störte weiterhin und machte sich nunmehr auch den Gläubigen vernehmbar. Da erkannte der Bischof seine Ohnmacht, offenbarte sich dem Pfarrer Rapps von Erlenbach und bevollmächtigte ihn mit seiner Amtsgewalt.

Als der Pfarrer den Geist im Namen Gottes nach Babylon beschwor, fing dieser an zu jammern und bat um ein bescheidenes Plätzchen in der Turmecke des Kirchendaches. Dort hinein wurde er auch gebannt. Sobald aber jemand die geringfügigste Kleinigkeit aus der Kirche an sich nehmen wollte, löste sich der Bann, bis das Gotteshaus sein Recht wieder hatte.

Einstmals, als die Schulmädchen am Samstagnachmittag die Kirche kehrten, mussten sie auch das Tropfwachs von den Bänken und Leuchtern kratzen, zu Kugeln formen und in der Sakristei zum Umgießen ablegen. Wehe, wenn es einer in den Sinn kam, einen »Wächser« verheimlichen zu wollen! Hohnlachend fuhr der Geist aus seinem Versteck, schlug der flüchtenden Sünderin das Kirchtor vor der Nase zu und hetzte sie so lange von einer Tür zur andern, bis ihr im Schrecken das unterschlagene Wachs entfiel oder sie vor Entsetzen in Ohnmacht sank.

Am Ausgang von Binswangen liegt hart an der Straße nach Heilbronn die Kapelle »Zu den vierzehn Nothelfern«. In der Nähe hat das Pfarramt einen Acker. Dort kann man heute noch in der Adventszeit beobachten, wie die Kumpane des betrügerischen Amtmanns, die Feldmesser, sich mit feurigen Messstangen zu Leibe rücken, weil sie sich über ihren Anteil an der Schuld immer noch nicht einig sind.

Das Attentat am Sankt-Anna-Fest

Kirchhausen bei Heilbronn gehörte früher zu der sagenhaften alten Riesenstadt Cornelia, welche eine Größe von zehn Stunden im Umkreis hatte und von der das heutige Wimpfen noch ein kleiner Teil ist. Südöstlich vom Ort steht das Sankt-Anna-Kreuz. Hier hat einst eine Kapelle gestanden, in welche die Besitzer der benachbarten Grundstücke, darunter auch solche von Großgartach, das nötige Wachs für Kerzen liefern mussten. Nachdem nun aber Großgartach zur protestantischen Lehre übergetreten war, füllten mehrere Bürger eine große Wachskerze mit Pulver. Während des Hochamtes am Sankt-Anna-Fest zündete nichts ahnend der Mesner die Kerze an. Die explodierte und tötete die meisten der Andächtigen.

In der Nähe des Sankt-Anna-Kreuzes ist der Fässles-Brunnen. Der heißt so, weil in ihm einmal ein Fuhrmann mit seinem Wagen voll Wein spurlos verschwunden ist.

Das Gottesgericht zu Heilbronn

In Heilbronn wurde vor langer Zeit eine Dienstmagd beschuldigt, sie habe den letzten Erben ihrer Herrschaft beseitigt. Sie kam vor Gericht, wurde zum Tode verurteilt und sollte aufs Rad geflochten werden. Da schlug ein Blitzstrahl eine Felge aus dem Richtrad heraus. Das wurde als Gottesurteil angesehen und das Mädchen wurde wieder freigelassen. Gleich danach bekannte sich ein Jäger der Tat schuldig. Nun wurde er aufs Rad geflochten, und die Erbschaft, um die es ging, wurde dem Spital vermacht. Seitdem tragen alle Marksteine, die den Spitalwald und anderen Spitalbesitz begrenzen, das Zeichen eines Rades, an dem eine Felge fehlt.

Von der Frauenkirche in Unterriexingen

Oberhalb von Unterriexingen an der Enz steht auf einsamer Höhe die Frauenkirche. Dort kam eines Abends ein Mann vorbei, der sah, wie ein Mönch lange sinnend vor der Kirche stand. Als der Mann ihn ansprach, verschwand der Mönch in der Kirche, und wie er nun auch hineinging, um zu sehen, was der Mönch treibe, war der nicht mehr zu sehen.

Ein andermal gingen zwei Buben zur Kirche hinauf und sahen zum Fenster hinein. Da saß ein Pfarrer mit bleichem, ernstem Gesicht in altertümlicher Tracht, eine Perücke auf dem Kopf und Schnallenschuhe an den Füßen, in der Kirche und las in einem Buch. Als er die Buben bemerkte, winkte er ihnen mit der Hand zu gehen.

Auch sieht man oft einen Zug gespenstischer Nonnen in langen, weißen Gewändern von der Frauenklinge bis zur Frauenkirche hinaufschweben.

Schäfer und Nonne

Im »Seifert«, auf der Markung Kirchhausen bei Heilbronn, hat einst ein Frauenkloster gestanden. Ein Schäfer hütete in der Nähe seine Schafe, und er wusste durch sein »Blätteln«* eine Nonne zu betören. Beide verabredeten sich, miteinander zu fliehen. Doch die Oberin hatte beide belauscht. Sie ließ nun auf dem Boden vor dem Fenster der Zelle, welche die Nonne bewohnte, scharfe Messer aufstellen. Als nun die Klosterfrau zur verabredeten Zeit sich aus dem Fenster hinunterließ, schnitt die

Oberin den Strick durch und die Nonne wurde auf den scharfen Messern aufgespießt. Der Schäfer aber muss noch heute seine Schafe dort hüten. Dieser Teil der Markung heißt »Seifert« nach dem Namen des Schäfers.

* *Auf einem Grashalm oder dem Blatt eines Baumes blasen.*

Zauberarbeit

Ein Schuster zu Waldangelloch hatte gewettet, er werde vom Morgen bis zum Abend ganz allein ein Paar Stiefel und ein Paar Schuhe machen. Auf sein Verlangen schlossen ihn seine Bekannten in seiner Werkstatt ein. Nach einigen Stunden schauten sie durch das Schlüsselloch, um zu sehen, was der Schuster mache. Da sahen sie ihn müßig sitzen, dafür aber vier unbekannte Männer emsig arbeiten. Sie drangen unvermutet in die Werkstatt ein, fanden aber außer dem Schuster nichts als vier Mücken unter vier Fingerhüten. Sie verließen die Werkstatt wieder, und am Abend waren Stiefel und Schuhe fertig und die Wette war gewonnen.

Von Brückengeistern

Bei Ellhofen auf der Steige von Grantschen nach Sülzbach war ein Steg, bei dem man nachts ein Niesen hörte. Wer es vernahm, machte sich schnell davon. Einst kam um Mitternacht ein Mann von der Sülzbacher Kirchweih heim, hörte das Niesen und rief:

»Helf dir Gott da unten!« Darauf kam ein buckliges Männlein zu ihm, drückte ihm die Hand und sagte: »Wünsch dir Glück, dir und deinen Kindern und deinen Kindeskindern!« Es sei dort im Bann gewesen über hundert Jahre und sei nun erlöst worden.

Beim »Weilerner Brückle« passierte es häufig nächtlichen Wanderern, dass sie plötzlich eine schwere Last auf ihrem Rücken verspürten, die sich aber nicht abschütteln ließ. Keuchend und schwitzend mussten sie ihre Bürde dann von Weiler heruntertragen, bis der nächtliche Quälgeist plötzlich wieder verschwunden war.

Schatzhöhle bei Waldangelloch

Ein Junge von Waldangelloch hütete auf den Wiesen am »Schülzert« Vieh. Er geriet dabei in eine Höhle und stand unversehens vor einer Kiste, auf der ein schwarzer Pudel lag. »Herunter!«, sagte der Bube zu dem Hund. Dieser sprang auch sofort von seinem Sitz herab. Darauf hob der Hütejunge den Deckel der Kiste und sah, dass diese mit Silbergeld gefüllt war. Davon nahm er sich eine Hand voll, schloss die Kiste wieder, und gleich war der Hund wieder auf dem Deckel. Das ging einige Tage so, bis die Eltern des Jungen das Geld entdeckten und er gezwungen war zu sagen, woher er es habe. Einigen Männern musste er die Stelle im »Schülzert« zeigen. Aber er vermochte die Höhle nicht mehr zu finden.

Schatz bei Sinsheim

Vor etlichen Jahrzehnten sah eine Frau von Sinsheim, als sie im Walde an den drei Buckeln graste, vier dünne Eisenketten über der Erde, die miteinander ein Viereck bildeten. Trotz allen Ziehens und Mühens war sie nicht imstande, die Ketten von ihrem Platz wegzubringen. Zu Hause erzählte sie davon, und vier Männer gingen sofort mit ihr in den Wald auf den Platz. Sie fanden die Ketten noch an ihrer alten Stelle. Die Männer fingen an zu graben, während die Frau sich entfernte, um noch etwas Gras zu mähen. Gleich darauf stießen die Männer auf eine volle Kiste, die an den vier Ketten befestigt war. Ein Pudel saß plötzlich mit feurigen Augen auf dem Kistendeckel. Stillschweigend zogen sie den Schatz an die Oberfläche. In diesem Augenblick kam die Frau zurück. Beim Anblick des Pudels, der seinen Rachen aufsperrte, vergaß sie sich und schrie: »O Jesus!« Im Nu versanken Kiste, Ketten und Pudel. Sie sind weder von der Frau noch von den Männern je wieder gesehen worden.

Das Vogelnest

Ein begüterter Bauer aus Eibensbach stieg einmal abends auf die Ruine Blankenhorn. Da kam ein weißes Fräulein zu ihm und lud ihn ein, ihr zu folgen. Er tat es ohne Bedenken und wurde von ihr durch einen langen unterirdischen Gang geführt. Am Ende kamen sie in ein mächtiges Gewölbe, in dem viele Truhen umherstanden. Das Fräulein gab dem Mann ein Vogelnest und sprach: »Nimm dieses Nest und halte es an die Truhen! Sie springen von selbst auf, und du kannst daraus so viel Geld nehmen, wie du willst. Aber vergiss darüber das Beste nicht!« Ohne mehr auf die letzten Worte des weißen Fräuleins zu hören, hielt der Bauer das Nest sogleich an eine der Schatztruhen, und im Augenblick sprang sie auf und war bis oben mit Geld gefüllt. Gierig wollte er zulangen. Da fuhr ein großer schwarzer Pudel wütend auf ihn los und versetzte ihn dermaßen in Schrecken, dass er das Nest von sich warf und eilig durch den Gang entfloh. Als er draußen war, hörte er hinter sich ein lautes Getöse und eine Stimme, die ihm nachrief: »Wehe mir, du hast das Beste vergessen! Du hast das Vogelnest zurückgelassen!« Traurig und böse über seine Gleichgültigkeit, mit der er sein Glück verscherzt hatte, ging er nach Hause. Er wurde trübsinnig und arbeitsscheu und vernachlässigte sein Hofwesen, so dass er nach und nach alle seine Güter verkaufen musste. Er starb in tiefster Armut und hinterließ nichts als einen Zettel, auf dem der Spruch stand: »Eibensbach und Blankenhorn sind mir im Aug' ein großer Dorn!«

Der Schatz im Kloster zu Brackenheim

Einmal um Weihnachten fand eine Frau in der Kuhkrippe des Klosters zu Brackenheim eine ganze Hand voll lichtroter »Johannisvögele« (Johanniswürmchen) und wusste nicht, was sie damit anfangen sollte, und warf sie hinaus. Hätte sie etwas von ihrem Zeuge, zum Beispiel nur die Schürze, darüber gelegt, so wäre sie steinreich geworden; denn es war offenbar ein Schatz, der gehoben werden sollte.

Ein anderes Mal kam der Mann dieser Frau auf den Boden und sah hier einen großen aufgeschütteten Haufen solcher goldi-

gen »Johannisvögele« und rief: »O Jes, was ist das?«, da war plötzlich der ganze Haufen fort.

Wieder ein anderes Mal trat der Mann in die Kammer und sah helle Flammen aus dem Boden schlagen und schrie: »O Gott, es brennt, es brennt!«, und sogleich war alles spurlos verschwunden; denn solche Schätze, die sich zeigen, dürfen nicht beschrieben werden.

In dem Kloster zu Brackenheim ist's übrigens auch sonst nicht ganz richtig. So bekam zum Beispiel ein früherer Hausbewohner, wenn er auf einer gewissen Treppe sich treffen ließ, regelmäßig von einem unsichtbaren Geiste Ohrfeigen. Es war ein Kapuziner, der hier umging und der jenen Mann nicht leiden konnte.

Wein in der Burg Weibertreu

Beim Verfolgen eines Hasen geriet ein Weinsberger Mann in einen großen Keller der verfallenen Burg, den er zuvor nie gesehen hatte. Darin lagen eine Menge Fässer, aus deren einem er in seinen Zinnbecher sich Wein zapfte und beim Kosten fand, dass es uraltes Gewächs aus der Gegend sei. Er nahm einen Becher voll mit in die Stadt, worauf der Keller von vielen Leuten gesucht, aber von niemand mehr gefunden wurde.

Vom Holmale an der Hessigheimer Fähre

Die Hessigheimer hatten einst noch keine Brücke über den Neckar, vielmehr, wenn sie nach Großingersheim wollten oder die Großingersheimer nach Hessigheim und an die Furt am Neckar kamen, so mussten sie warten und den Fährmann rufen: »Hol, hol über!«, bis dieser es hörte, kam und sie mit der Fähre überführte.

Eines Abends lag der Fährmann schon im Bett. Da hörte er des Öfteren »Hol, hol über« rufen. Er stand auf, nahm die Laterne zur Hand und ging an die Furt. Und immer rief es: »Hol, hol über!«

Am anderen Ufer aber fand er ein kleines Männlein, das eiligst in die Fähre stieg. Auf der Überfahrt saß es schweigend da; aber die Fähre wurde unheimlich schwer, dass der Fährmann jeden Augenblick glaubte, sie gehe unter. Plötzlich während der Fahrt war es verschwunden. An der Stelle, an der es gesessen hatte, lag ein Kreuzer, der leuchtete in der Nacht wie Feuer. Er nahm ihn in die Tasche. Wie er nach Hause kam und seine Frau fragte, wer denn so spät noch habe überfahren wollen, da antwortete er: »Ich habe das Holmale überführen müssen und habe dafür einen Kreuzer bekommen, der hat wie Feuer gefunkelt.«

Damit zog er den Kreuzer aus der Tasche und siehe: der Kreuzer war eitel Gold und hatte auch die anderen Kreuzer, die er vorher in der Tasche gehabt hatte, zu lauter Goldstücken verwandelt.

Seitdem hat das Holmale schon oft »hol, hol über!« gerufen, der Fährmann hat aber nie wieder Lust gehabt, den Geist in die Fähre zu nehmen.

Der Keltergeist

In Weinsberg steht in der oberen Gasse die alte Stadtkelter. Sie ist nur offen, wenn im Herbst an den sonnigen Berghängen der Weibertreu und des Schemelsbergs die Trauben zur Reife gekommen sind. Dann knarren Tag und Nacht in ihr die schweren Kelterbäume unter dem Druck der Spindeln und heraus quillt ein süßer Born, der neue Wein. Ist der »Herbst« vorbei, so wird die Kelter wieder geschlossen, und der mit den leeren Bütten und Gelten der Weingärtner angefüllte Raum gehört nun dem Keltergeist, der allda sein Wesen treibt. Er wird zwar selten gesehen, doch dann und wann gehört. Wenn ein reiches Weinjahr in Aussicht steht, so tut er es den Leuten schon zur Zeit der heiligen Nächte (zwischen Weihnachten und 6. Januar) kund. Ist gar ein außerordentliches Weinjahr zu erwarten, so wird's in der ganzen Kelter lebig, und ein Glückskind kann durch die Wand hindurch die »Geisterkelter« schauen und zum Voraus den kommenden Herbstsegen.

In Weinsberg freut sich über die wunderbare Kunde Jung und Alt, »denn wann die Geisterkelter schafft, ist guter Herbst unzweifelhaft« (Ludwig Uhland).

Auch im nahen Rathauskeller treibt der Geist seinen Spuk und klopft an die Fässer, um zu sehen, ob sie für das kommende reiche Weinjahr auch leer sind. Der Geist heißt darum das »Klopferle«. Theobald Kerner weiß von ihm zu sagen:

Ein Geist, in Weinsberg wohl bekannt,
Wird dort der Klopferle genannt.
Stadtküfer einst, kann ob der Sünden
Im Grab er keine Ruhe finden.
Wer ihn im Rathauskeller sieht,
Der schreit, indem er aufwärts flieht:
»Der Klopferle, der Klopferle,
O je, ich hab' den Klopferle, den Klopferle geseh'n!«

Fahrsamen

Vor vielen Jahren diente ein Eschelbacher in Waldangelloch. Der hatte sich vom Teufel Fahrsamen verschafft und konnte deshalb fahren, wie und wohin er wollte. Oft jagte er mit schwer beladenem Wagen und vier Pferden steile Berghänge hinab, und wenn dabei das Gefährt auch ganz auf die Seite hing, so stürzte es doch niemals um. Einst kam er mit einem Wagen Frucht in die Scheuer, und da er niemanden fand, der ihm beim Abladen geholfen hätte, fuhr er einfach die senkrechte Leiter hinauf auf die Obertenne und warf dort die Frucht ab. Währenddessen kam der Bauer in die Scheuer, sah den Wagen oben stehen und ging entsetzt und schweigend wieder hinaus. Der Knecht fuhr die Leiter wieder hinab, ging zu seinem Herrn und sagte zu ihm: »Das war ein Glück, dass Ihr in der Scheuer kein Wort gesprochen habt, sonst wäre ich mit Ross und Wagen von der Obertenne gefallen.«

Einst bat ein Freund diesen Knecht, ihm auch Fahrsamen zu beschaffen. Beide begaben sich hierauf um elf Uhr in der Christnacht auf einen Kreuzweg. Dort machte der Knecht einen Kreis auf den Boden, stellte sich mit dem anderen hinein und ermahnte ihn, ja nicht zu sprechen, es möge kommen, was da wolle. Dann zog er ein Büchlein hervor und fing an, still darin zu lesen. Gegen zwölf Uhr hörten sie ein Getöse, als ob das wilde Heer in Anmarsch wäre. Der Lärm hörte aber wieder auf, und über ihren Köpfen sahen sie nun einen Mühlstein an einem dünnen Faden hängen, der jede Sekunde auf sie herabzustürzen drohte; aber der Stein störte sie ebenso wenig wie eine heranrasselnde vierspännige Kutsche, deren Führer sie vergeblich um die Entfernung nach dem nächsten Orte fragte. Zum Schluss kam jemand in einer großen Holzschüssel mühsam herbeigerutscht und fragte: »Kann ich die Kutsche noch einholen?« Da musste der Freund des Knechtes laut lachen, und sogleich erhielt er von dem Knecht eine Ohrfeige mit den Worten: »Dummkopf! Jetzt hast du dich mit deinem Gelächter um den Fahrsamen gebracht!«

Die weiße Frau zu Guttenberg

Im Schloss zu Guttenberg am Neckar, dem Michelsberg gegenüber, erschien früher eine weiße Frau. Sie war weiß und runzlig und sah sehr alt aus. Sie schlich nur so umher. Den Mägden half sie bei der Arbeit, namentlich beim Waschen, aber nur, wenn diese recht fleißig waren. Manchmal sah sie auch nur ruhig zu. Nie-

mandem tat sie etwas zuleide. Doch zuweilen sprang sie auch wohl einer Magd, wenn diese gerade backen wollte, ins Genick, war aber nicht schwer. Nachts hörte man sie in den Gängen Brennholz vor den Ofen werfen. Am Morgen aber war alles wieder verschwunden. Einem Knechte, der ihr einmal nachsah, nahm sie mehrmals die Bettdecke weg und trug sie in eine Ecke des Zimmers. Des Morgens schlich sie immer in das Waschhaus und verschwand da in einer Ecke. Der Schlossherr ließ hier einmal nachgraben, und man stieß auf die Gebeine eines erwachsenen Menschen und eines Kindes. Die gehörten zur weißen Frau und ihrem Kinde, das sie umgebracht hatte. Hier waren beide einmal beerdigt worden. Man brachte die letzten Überreste auf den Friedhof, begrub sie ordentlich, und seitdem spukte die weiße Frau nicht mehr.

Die zänkischen Weiber

In Eschenau war nachts immer wieder Quieken und Getrappel zu vernehmen. Einige ganz Mutige, die aus dem Fenster schauten, konnten sehen, wer da diesen höllischen Lärm veranstaltete: Zwei Spanferkel hetzten stundenlang hin und her, von Brunnen zu Brunnen. Es waren die Geister zweier verstorbener Frauen, die keine Ruhe finden konnten wegen ihrer Untat.

Zwei zänkische Weiber waren in einem Streit so außer sich geraten, dass sie sich gegenseitig zu Tode prügelten. Über den Anlass ist uns nichts überliefert. Dieser Mord soll sich an einem Brunnen abgespielt haben, und zwar da, wo sich heute das Haus Bahnhofstraße 12 befindet. Damals wurde diese Straße dann »Hadergasse« genannt und in eine »Dunglege« ein Gedenkstein eingefügt. Die beiden Frauen jedenfalls mussten zur Strafe lange Jahre in Gestalt dieser Spanferkel nachts Eschenau heimsuchen. Leider wurde der Gedenkstein irgendwann entfernt und die »Hadergasse« in Bahnhofstraße umbenannt.

Der schwere Hundegeist

Mein Großvater musste einmal mit Frucht nach Heilbronn fahren. Als er heimfuhr, war es schon Nacht. Er meinte, seine Kameraden wollten ihm Angst machen. Deshalb ging er mit seiner Peitsche in alle Feldkellerlein hinein und sagte: »Kommt nur heraus, ich weiß schon, wer ihr seid!« Aber niemand gab einen Laut. Am Stöcklesberg saß auf einmal ein großer Hund mit roten Augen auf dem Sitzbrett. Als er noch ein Stückchen gefahren war, stand auf seinem Pferde der Schweiß. Anscheinend war der Hund sehr schwer. Vor dem Dorfe war der Hund auf einmal verschwunden. Sooft sie künftig an dieser Schwelle vorbeifuhren, schwitzte der Gaul.

Der schwarze Pudel

Im Wasserstock zwischen Granheim und Gundelfingen spukt es schon seit alten Zeiten. Dort steht ein Feldkreuz. Jeder Wanderer ist herzlich froh, wenn er daran vorbei ist. Als einst zwei Brüder von einer Hochzeitsfeier in Gundelfingen nach Hause gingen und zum Kreuze kamen, saß darunter ein schwarzer Pudelhund. Er stierte mit feurigen Augen die Heimkehrenden fürchterlich an, tat ihnen jedoch nichts. Der eine Bruder, der etwas zu viel getrunken hatte, wollte einen Stein nach dem Pudel werfen. Zu seinem Glück tat er es nicht, weil der andere ihn davon abhielt.

Oft lässt sich der Pudel auf dem Rücken der Leute vom Kreuz bis nach Luken herein tragen, wo man die Kirche sieht. Dann weicht er. Aber unter seiner Last schwitzen die Leute so, dass sie es kaum aushalten können.

Der Schlossgottlieb von Eschenau

Der Schlossgottlieb war zu Lebzeiten Oberknecht im Eschenauer Schloss und musste zur Strafe für eine Untat viele Jahre geistweis gehen.

Zu der Zeit, als Freiherr von Hügel Besitzer des Schlosses war, hatten die Knechte, die in zwei Zimmern im Erdgeschoss wohnten, nachts keine Ruhe mehr und kündigten zuletzt ihrem Herrn den Dienst auf. Weil niemand mehr auf dem Spukschloss Knecht sein wollte, musste der Freiherr für Abhilfe sorgen. Er ließ einen Geisterbanner kommen, der den Schlossgottlieb mit einem Zauberspruch ganz klein machte und in eine Eiche bannte. Nun war jahrelang Ruhe im Schloss. Als aber die Eiche eines Tages umgehauen wurde, entkam der Geist, begab sich ins Schloss Eschenau und trieb dort von neuem sein Unwesen. Er klopfte nachts an die Weinfässer und band das Vieh im Stall los. Manche sahen ihn zu dem Fenster unter der Schlossuhr herausgucken; andern erschien er, ein Lederkäpplein auf dem Kopf, im Buntzigwald, und etliche wurden auch von ihm stundenlang irregeführt.

Der Schimmelreiter von Kochendorf

In Kochendorf reitet auf der Straße nach Neuenstadt der Hardtreiter. Er sitzt auf einem Schimmel, trägt den Kopf unter dem Arm und schreckt dadurch den nächtlichen Wanderer.

Demselben Schimmelreiter begegnen wir auch in Kochertürn. Hier liegt im Norden des Dorfes der Donnerwald. Ein Edelmann ließ einst durch diesen Wald eine Straße bauen. Seine leibeigenen Bauern mussten im Frondienst die Bäume umschlagen und die Steine herbeiführen. Selbst am Dreieinigkeitsfest durften sie nicht feiern, sondern mussten am Wegbau arbeiten. Dafür muss der gestrenge Edelmann als Schimmelreiter mit abgeschlagenem Kopf jedes Jahr an dem genannten Festtag reiten und die späten Wanderer ängstigen.

Der Rottenmaierle

Ein Metzger hatte in Dimbach in einem Wirtshaus beim Kartenspiel gesessen, dem Wein ordentlich zugesprochen und dabei von dem vielen Silber in seiner Tasche geprahlt. Dabei hatte ihn der Rottenmaierle, ein arbeitsscheuer und händelsüchtiger Geselle, beobachtet. Es war bald nach Mitternacht, als der Metzger durch den Wald heimwärts nach Eschenau schwankte. Der viele Wein hatte ihn betrunken gemacht. Mitten im Wald überfiel ihn der Rottenmaierle, würgte und erstach ihn. Dann verschwand er mit dem Geld und ward nie wieder lebend gesehen.

Bald schon aber beobachteten die Leute, dass der Platz, wo der tote Metzger ausgestreckt gelegen hatte, vom Laub freige-

fegt war. Man konnte genau die Mulden erkennen, in welche der Körper, der Kopf und die Ellbogen gepresst waren.

Dem Volksglauben nach musste der Mörder jedes Jahr kommen (auch nach seinem Tode) und die Stelle von Graswuchs freihalten. Zur Erinnerung an jene Bluttat wurde ein Kreuz in eine danebenstehende Forle geschnitten. Das Kreuz in dieser so genannten Kreuzforle wuchs wie diese selbst und vernarbte nie. Mancher Willsbacher, der verspätet von einer Zeche oder Hochzeit heimwärts zog, nahm den Stock fester in die Hand, wenn er durch den Dimbacher Wald marschierte.

Und wenn die Leute mit ihren Kindern in die Heidelbeeren gingen, drückten sich die Kleinen fest an die Eltern heran, wenn jemand vom Rottenmaierle sprach.

Alte Willsbacher erzählen, dass es für sie als Kinder eine Art Mutprobe gewesen sei, sich in die Mulde zu legen, in welcher der Metzger gelegen haben soll, und sie immer wieder freizuscharren. Die Kreuzforle wurde leider beim Straßenbau gefällt.

Tatsächlich scheint dieses Waldstück nicht ungefährlich zu sein: Ein Sühnekreuz aus dem Jahr 1709 gibt Zeugnis einer anderen Mordtat – an einem Schneidergesellen namens Jerg Michel Ritter. Zwar befindet sich der Schneiderstein bereits auf der Gemarkung Waldbach, ist aber doch nicht weit vom Todesort unseres Metzgers entfernt. Immerhin wurde hier der Schuldige ausfindig gemacht und hingerichtet. Der Mörder des Rentners Hermann Lutz aus Eschenau aber, der nur siebzig Meter vom Schneiderstein entfernt im Jahr 1970 getötet wurde, ist bis heute unbekannt. Treibt der Rottenmaierle dort heute noch sein Unwesen?

Der Reiter im Dahenfelder Wald

Vor alten Zeiten war der prächtige Wald zwischen Dahenfeld und Cleversulzbach Eigentum der Dahenfelder. In einer Geldangelegenheit wandten sich die Dahenfelder an ihre Nachbargemeinde Neuenstadt. Bereitwillig wurde ihnen ausgeholfen, aber als Pfand musste der Wald eingesetzt werden. Rechtzeitig brachten die Schuldner die geliehene Summe wieder zurück. Doch in Neuenstadt hatte man es auf den ertragreichen, wertvollen Wald abgesehen. Der Stadtvogt verbarg sich daher jedes Mal, sooft die Abgesandten von Dahenfeld erschienen, um das Darlehen zurückzuzahlen, ließ sie vergebens an seiner Tür klopfen, und stets erhielten sie den Bescheid, sie sollten später wiederkommen. So verstrich der Zahlungstermin und das Pfand, der schöne Wald, fiel durch die List des Stadtvogts den Neuenstädtern zu. Doch die Strafe dafür blieb nicht aus. Der hinterlistige Vogt hatte keine Rast und Ruhe mehr, schwer lag ihm seine Ungerechtigkeit auf dem Herzen. Selbst der Tod brachte ihm keine Erlösung. Auf einem Schimmel muss er als Geist nächtlicherweile, besonders bei Sturm und Unwetter, in dem Wald umherreiten. Mit weit schallender Stimme ruft er durch Nacht und Sturm: »Der Wald gehört den Dahenfeldern, den Dahenfeldern gebt den Wald zurück.«

Der Löffelstein

Zwischen den Brettachern und ihrer Nachbargemeinde Cleversulzbach war einst ein Streit um den Besitz eines Waldes an der Grenze beider Markungen. Als die Schultheißen und der Rat dieser Gemeinden sich in dem Wald versammelt hatten, um den Streit zu schlichten, erschien ein Förster aus Brettach, der bereit war zu bezeugen, dass der Wald zu Brettach gehöre. Er beschwor, so wahr ein Schöpfer über ihm sei, stehe er hier auf Brettacher Grund und Boden. Er hatte aber unter seinem Hut auf dem Kopf einen »Schöpfer« (Schöpflöffel) und Brettacher Erde in seine Schuhe getan. Wie er den falschen Schwur getan hatte, fiel er tot zu Boden. Zum Gedenken an diese Freveltat wurde an der Stelle ein Stein aufgerichtet, der oben das Bild eines Löffels zeigt und seitdem der Löffelstein heißt. Der meineidige Förster aber muss zur Strafe nach seinem Tode als »Häldengeist« umgehen. Man hat ihn oft gesehen, besonders am Stephanstag, im grauen Jägerrock, von einem oder auch von zwölf Hunden begleitet, auch hat man ihn im Wald rufen gehört. Da man ihn aber in letzter Zeit nicht mehr gesehen oder gehört hat, glaubt man, dass seine Straf- und Bußzeit vorüber und er erlöst sei.

Der Pfole

Da, wo die Markungen Schwaigern, Großgartach und Nordheim zusammenstoßen, liegt das Grab des Pfole. Bei Lebzeiten war er Weingärtner und stand mit dem Bösen im Bund. Darum hatte er auch immer Geld genug. Seine Weinberge waren stets fruchtbarer als die anderer Leute, obgleich er weder selbst arbeitete noch je einen Taglöhner einstellte. Vielmehr lag er immer auf der faulen Haut und trank. Aber seine Haue arbeitete auf seinen Befehl von selbst. Er stellte sie nur an den richtigen Platz und befahl: »Hau, schaff fei' sauber, fei' viel!«, und die Arbeit wurde verrichtet. Zuletzt hat ihn aber der Teufel erwürgt, weil der Pfole mehr Geld von ihm verlangte als er beschaffen konnte. Man fand ihn tot in seiner Weinberghütte mit dunkelblauem Gesicht. An derselben Stelle wurde er auch begraben.

Dort geistert auch das Wassergassensäule, das man nicht fangen und nicht totschlagen kann.

Der Käsperle von Ottmarsheim

Seit etwa hundert Jahren geistert am Käsberg der Käsperle von Ottmarsheim. Dieser hat seine Frau ermordet und sie in einem Sack zum Neckar geschleift. Seither geht er jede Nacht mit seiner grausigen Last diesen Weg, und heute noch bleibt kein Weinberghüter gerne in der Weinberghütte auf der Ebene.

Der Hasenjäger

Einmal ging ein Jäger bei Nacht hinaus in den Wald, um Hasen zu schießen. Er setzte sich auf einen Baum und schoss auch wirklich einen Hasen. Als er vom Baume herunterstieg, um noch einen weiteren Hasen zu schießen, sah er einen Geist mit weißen Schuhen, einer blauen Zipfelmütze und einem schwarzen Mantel. Eilends stieg er vollends vom Baume herunter, nahm seinen Hasen und wollte nach Hause. Aber der Geist verfolgte den Jäger und gab ihm, als er ihn eingeholt hatte, ein paar tüchtige Ohrfeigen. Daraufhin machte sich der Jäger so schnell er konnte aus dem Staube.

Der Feldrichterstreit in den Kocherwiesen

Einst ging der Nachtwächter durch das Dorf und sang sein »Bewahret Feuer und Licht«. Eben schlug die Uhr Mitternacht, da gewahrte er vom Odenwald her, drüben in den Kocheräckern, ein seltsames Schauspiel. Eine ganze Schar Männer mit langen, brennenden Fackeln sah er eifrig durcheinander gehend Äcker vermessen. Im Lichte der Fackeln erkannte er, dass sie altmodische Kleidung mit Dreimastern und so weiter trugen. Erstaunt sah er ihrem Treiben zu. Sie maßen und maßen, hoben Marksteine aus und trugen sie herüber und hinüber. Er sah, dass sie dabei immer erregter wurden, und endlich entstand ein wüster Streit. Mit den brennenden Stangen gerieten sie aneinander, bis mit einem Mal die Uhr auf dem Turme ein Uhr schlug, worauf der ganze Spuk verschwand.

Der Fisch im Märzenbächle zu Kochendorf

Durch Kochendorf fließt der Märzenbach. Darin zeigte sich in früheren Zeiten während der Christnacht ein großer Fisch. Durch sein Geplätscher wurde ein Hausbesitzer auf ihn aufmerksam. Er fing ihn und brachte ihn in sein Haus. Dort verwandelte sich der Fisch in ein Gespenst. Es spukte so lange in dem betreffenden Haus, bis ein Geisterbanner den Geist fing und ihn fortschaffte.

Der Cleebronner Hirschwirt

Einst, als der »Hirsch« in Cleebronn noch eine Wirtschaft war, lebte ein Wirt, der unter seinen Wein Wasser mischte und auch sonst nicht immer nach Recht und Gewissen handelte. Als seine Freveltaten an den Tag kamen, ging er hin und erhängte sich. Aber sein Geist musste nun in nächtlicher Stunde im »Hirsch« wandeln. Die Bewohner des Hauses verbannten ihn alsdann unter einen Nussbaum; aber der Geist bat sie inständig, sie möchten ihn doch nicht unter freien Himmel bannen. Darum verbannten sie ihn in ein Haus, das zum »Hirsch« gehört. Auch später soll der Geist in diesem Hause manchmal noch gesehen worden sein.

Der brennende Mann im Wald

Ehe der untere Weg nach Kochendorf ging und die Eisenbahn lief, führte die Straße nach Neckarsulm über die Höhe, dies ist der alte Weg. In früheren Zeiten zogen demnach auch die Bauern über diesen Weg nach Neckarsulm oder Heilbronn zum Markte. Frühmorgens stand man auf, um beizeiten auf dem Markt zu sein. So gingen denn verschiedene Bauern wieder einmal miteinander Neckarsulm zu. Da gesellte sich ein fremder Mann zu ihnen und lief beständig neben ihnen her. Auf Anrufen redete er nichts. Als er aber an die Lautenbacher Markung kam, ging er dem Wald zu und es wurde hell um ihn und ein roter Feuerschein lohte durch den Wald, als ob dieser brenne, bis der Schein nach einer Viertelstunde von selber wieder verschwand.

Dort droben war einmal ein Fuhrknecht, der viel Geld nach Neuenstadt zu bringen hatte, ausgeraubt und umgebracht worden. Aber niemand habe den Täter entdecken können; nun muss er brennen gehen.

Der Botenheimer Talgeist

Vor Jahren liebten einmal zwei Brüder ein Mädchen. Der eine von beiden war ein Jäger, der andere ein Bauer. Dem Mädchen gefiel jedoch der Bauer besser, und es entschloss sich, diesen zu heiraten. Draufhin ergrimmte der Jäger über die junge Frau und sann darüber nach, wie er sich an ihr rächen könnte. Solange jedoch sein Bruder, der Bauer, bei ihr war, hatte er keine

Möglichkeit sich zu rächen. Das wusste der Jäger genau. Deshalb lud der Jäger die Frau, die nichts Arges vermutete, einmal zur Jagd ein. Als sie nun im Botenheimer Tal miteinander ins Gespräch kamen, zog der Jäger sein Schwert und wollte sie ermorden. Als sie das Schwert sah, rief die Frau, so laut sie nur rufen konnte: »Schwager, Schwager, lass me lewa!« Diesen Hilferuf hatte ein Schäfer, der in der Nähe Schafe hütete, gehört. Sofort eilte er herbei, allein es war schon zu spät. Der Jäger hatte seines Bruders Frau mit dem Schwert ermordet und der Schäfer sah gerade noch, wie der Jäger sich selbst den Todesstoß versetzte. Seit dieser Zeit sollen die beiden, der Jäger und die junge Frau, ruhelos im Botenheimer Tal gehen müssen, und die Leute nennen sie den »Botenheimer Talgeist«.

Das weiße Männlein

Hinter dem Kleingartacher Wald hatte ein Bauer aus Michelbach am Heuchelberg mit seinem Bruder zusammen einen Acker eingesät und geeggt. Es wurde schon Abend, als sie noch auf dem Feld waren, aber sie wollten noch fertig machen. Wie sie nun bei Nacht mit dem Wagen an dem Wald vorüberfuhren, stand das Pferd, ein Schimmel, plötzlich still und wollte nicht mehr weitergehen. So sehr die beiden Bauern auch auf das Pferd losschlugen, es half alles nichts und die Stränge rissen und das Kummet brach. Da sahen sie ein weißes Männlein, das einen Sack auf der Schulter trug, zuerst vor, dann hinter dem Wagen über den Weg gehen.

Auch auf dem Heuchelberg wurde öfter ein kleines, weißes Männlein gesehen, das aus einem Papier gelesen hat. Es verschwand dann immer schnell. Einmal kam ein Mann auf den Heuchelberg. Da ist ein kleines, weißes Männlein gekommen und hat ihm einen Kartoffelsack an den Kopf geworfen.

Das Bild am Torhaus zu Möckmühl

Eine Gräfin vom Schloss besuchte einst ihren Geliebten, der auf der »Alten Burg« saß und auf den sie wegen einer anderen adeligen Dame eifersüchtig war. Sie ging in den unterirdischen Gang, der beide Burgen verband, und schlug nach heftigem Wortwechsel dem Edelherren den Kopf ab.

Zur Strafe dafür musste sie nackt am Pranger stehen und wurde dann vom Scharfrichter Sauer enthauptet. Zuvor aber musste

sie noch ein Sühnebild stiften, das am Torhaus beim »hinteren Tor« angebracht wurde, damit jeder Vorübergehende, der zu den beiden Burgen rechts und links der Seckach schaute, es sehe und das Andenken der Mörderin verfluche. – Das Bild stellte sie dar mit der Laterne in der einen Hand (tatsächlich ist es eine Sanduhr) und einen Totenkopf in der andern. – Noch schwebt die Gräfin immer hin und her zwischen beiden Burgen und seufzt, dass man es durchs ganze Seckachtal hört. In schönen Mondnächten kann man sie oft bis spät über der Seckach schweben sehen; denn sie zögert immer lang, bis sie vollends in die Höhe schwebt und droben in der alten Burg verschwindet.

Das Dahenfelder Sauhirtle

In den Wäldern bei Dahenfeld geht ein Geist um, der zur Nachtzeit die Leute ängstigt. Es ist das Sauhirtle. Wenn es in die Nähe eines Fuhrwerks kommt, so sind die Pferde, trotz aller Anstrengungen des Fuhrmannes, nicht weiterzubringen; sie zittern und schwitzen am ganzen Leib und erst wenn die Abendglocke ertönt, ziehen sie wieder an.

Ein andermal lockt das Männlein in der Gestalt eines Zwerges die Leute in den Wald. Es hält nicht an, geht immer voraus, endlich aber versteckt es sich hinter einer Eiche und lässt ein teuflisches Gelächter erschallen, auf welches ein schrecklicher Sturmwind sich erhebt, der den Wald durchheulend Schrecken verbreitet.

Dem bei Mondschein auf Wild oder Wilddiebe lauernden Jäger erscheint das Sauhirtle in der Gestalt eines großen Hundes, namentlich eines schwarzen Pudels, der sich ihm quer über den Weg legt. Will der Jäger den Hund verfolgen, so kann er von Glück sagen, wenn er in der Eile der Verfolgung noch rechtzeitig den Abgrund der gegen Dahenfeld jäh abfallenden Felsenwand, wohin er gelockt wurde, wahrnimmt. An diesem Abgrund ist dann auch immer der Hund spurlos verschwunden.

Der Davidle

Auf der Willenbacher Markung wanderte früher der Davidle, es sei aber jetzt in eine einsame Waldgegend, das Hesseleswäldle, übergesiedelt. Ein Wanderer aus Oedheim habe ihn einmal dort oben als ein altes, runzeliges Männchen gesehen. Eine Zeit lang sei der Oedheimer ungeniert gegangen, bis mit einem Mal das runzelige Männchen bei ihm stand, sich ihm auf die Schultern setzte und ihn bis in den Ort nicht mehr losließ.

Der Davidle habe in alten Zeiten die ihm untertänigen Bauern ungerecht behandelt, mit Zehnten und Abgaben unerhört geplagt, und nun habe es für seine Ungerechtigkeit keine Ruhe.

Tatsache ist, dass es einen David Jäger gab, dem der Neuhof und der jetzige Grollenhof eine Zeit lang gehörten. Er war auch Anwalt des Ritterkantons Odenwald. Später ließ er sich, mit 66 Jahren, Wechselfälschungen zuschulden kommen, wofür ihm die Heilbronner den Prozess machten; vielleicht stammt daher die Sage.

Das Fuhrmannsbäumle bei Nordheim

Zwischen Nordheim und Hausen an der Zaber steht auf der Höhe des Wannenbergs das Fuhrmannsbäumle. Dort knallt in der Christnacht ein gespenstischer Fuhrmann. Das ist dann ein Zeichen dafür, dass ein weinreiches Jahr bevorsteht.

Der Fuhrmann muss zur Strafe dafür geistern, dass er einmal zu Lebzeiten seine Pferde mit einem schweren Fuhrwerk unter wüstem Fluchen den Hohlweg hinauftrieb. Als sie gar nicht mehr gehen wollten, da rief er in hellem Zorn: »Der Teufel soll euch holen!« In demselben Augenblick glitt der Wagen den Berg hinunter und versank in einem See, der damals an jener Stelle war. Heute noch entspringt hier eine Quelle. Der Fuhrmann selbst aber muss zur ewigen Strafe am Fuhrmannsbäumle schweben.

Das Geisterschwein

Ein Bauer ging einmal von Hausen nach Heilbronn um Schweine zu kaufen. Als er an der »Salzhöhle« lief, sah er ein Schwein quer über den Acker springen. Der Bauer rannte ihm nach und es gelang ihm mit viel Mühe, das Tier zu fangen. Glücklich und zufrieden steckte er das billige Schwein in seinen Sack und machte sich auf den Heimweg. Seine Frau, welche krank im Bette lag, rief ihm in den Hof hinunter, er möge das Schwein in die Stube heraufbringen, damit sie es auch ansehen könne. Der Mann stieg die Treppe hinauf, machte den Sack auf und wollte das Schweinlein springen lassen; aber wie erschrak er, als statt eines Schweines ein garstiger Hund aus dem Sacke sprang und sich schleunigst hinter den Ofen flüchtete.

Die Sage von Sankt Leonhard

Über die kleine Kirche in Gellmersbach bei Weinsberg weiß die Sage zu berichten: Ein Graf, der in den Wäldern zwischen Sulm und Kocher gerne dem Waidwerk nachging, kam eines Tages müde und matt an eine Waldquelle, legte sich in den Schatten einer Eiche und schlief ein. Da hatte er einen merkwürdigen Traum: Seine Burg wurde von einer räuberischen Horde erstürmt, er selbst schwer verwundet gefangen genommen, in Ketten gelegt und ins Burgverlies des Raubritters geworfen. In der Nacht trat der heilige Leonhard in seinen Kerker, nahm ihm die Ketten ab und geleitete ihn zu einer Quelle mitten im Walde. Er fiel vor seinem Retter in die Knie und versprach ihm, zum Dank für seine Befreiung an dieser Stelle eine Kapelle zu errichten. Während er dankbar die Hände zu Sankt Leonhard erhob, erwachte er und erkannte, dass er an derselben Quelle lag, die er im Traum gesehen hatte. Was er in seiner Seelennot im Traum versprochen, das hielt er. Die Kapelle wurde erbaut und ein in Holz geschnitztes Bild des heiligen Leonhards in der Chornische aufgestellt. Ein anderer Meister fertigte auf Wunsch des Grafen eine lange und starke eiserne Kette an, die rings um die kleine Kirche in Mannshöhe aufgehängt wurde.

Die Glocke auf Wunnenstein

Der Ritter Stein von Wunnenstein war ins Heilige Land gezogen, um wider die Ungläubigen zu streiten, und hatte den Bau einer Kirche auf seiner väterlichen Burg gelobt, wenn er siegreich sein werde. Seine Waffen waren glücklich, und als er endlich nach Jahren heimkehrte, vollführte er sein Gelübde, erbaute eine Kirche und weihte sie dem heiligen Michael. Eine mächtige Glocke hing auf dem Turm und zeigte bald ihre schützende Kraft, denn es traf jetzt die ganze Markung kein Hagel und kein Wetterschlag mehr. Deshalb suchten die Heilbronner sie zu bekommen und kauften sie endlich den Stiftsdamen von Oberstenfeld, denen eine Zeit lang die Kirche gehörte, für große Summen ab. In allen umliegenden Gemeinden war tiefe Trauer, als die Heilbronner die Glocke mit Jubel fortführten und sie auf den Turm ihrer Hauptkirche brachten und sie einsegneten. Als man aber das erste Geläut versuchte, blieb die Glocke stumm und gab keinen Ton von sich. Man ließ sogar Geisterbanner kommen und betete und sang, doch alles war umsonst. Da fürchtete man die Strafe des Himmels und brachte schnell die Glocke an ihre alte Stätte zurück. Unterwegs nahm sie ein Landmann auf seinen Wagen, und obwohl sie sehr schwer war, zogen sie doch zwei Stiere rasch den steilen Berg hinauf, während die Heilbronner sie kaum mit zwölf Pferden von der Stelle gebracht hatten.

Die Eppinger Glocke

Im Dreißigjährigen Krieg wurde die große Glocke der Eppinger Kirche von den Schweden weggeführt; aber im Birkenwald versank sie in der Erde. Lange Zeit nachher wühlten dort die Schweine, die der Elsenzer Hirt hütete, im Morast und brachten die Glocke zutage. Die Elsenzer luden sie auf einen Wagen, um sie in ihr Dorf zu schaffen. Allein sie brachten die Glocke nicht von der Stelle, obgleich sie zuletzt zwölf Paar Ochsen an den Wagen spannten. Endlich bemerkten sie, dass die Glocke folgende Inschrift trug:

Ich heiß Anne Susanne,
zu Eppingen muss ich hangen,
muss läuten und schlagen,
und alle Gewitter verjagen.

Die Elsenzer benachrichtigten die Eppinger, die mit einem Wagen herbeikamen, dem nur ein Paar Pferde vorgespannt war. Sie zogen die Glocke mit Leichtigkeit in die Stadt, und die Eppinger hängten sie wieder an den gewohnten Ort auf ihrem Kirchturm. Der Platz, an dem die Schweine die große Glocke ausgewühlt haben, wird jetzt noch die Saugrube genannt.

Die Entstehung der Friedhofskirche zu Neckarsulm

Da, wo heute der Friedhof steht, war früher sehr steiniges Gelände. Als man einst einen mächtigen Steinhaufen abgrub und die Steine wegführte, fand sich darunter ein sehr schönes Muttergottesbild. Die Kunde von dem wunderbaren Funde verbreitete sich sehr rasch in der Gegend, und Alt und Jung strömten herbei, das Bildnis zu sehen. Da beschloss man, dasselbe in der Stadtkirche aufzustellen.

Dies geschah. Doch – o Wunder! – am nächsten Tag war es aus der Kirche verschwunden und lag wieder draußen an seinem alten Platz. Als dies noch ein zweites und drittes Mal geschah, beschlossen die Neckarsulmer, über der Fundstelle eine Kirche zu errichten. So entstand die Friedhofskirche, welche der heiligen Maria zur Steinach geweiht ist.

Hexe in Heilbronn

Vor Zeiten war in Heilbronn eine Frau, die Wirtin zum schwarzen Adler, welche aus der Milch ihrer drei Kühe stets eine unglaubliche Menge Butter gewann. Ein ihr gegenüber wohnender Waffenschmied schöpfte daraus Verdacht, sie möge eine Hexe sein, besonders da sie immer freitags, spät in der Nacht, die Butter ausstieß. Als er sie wieder zu solcher Zeit an dieser Arbeit allein wusste, ging er hinüber, entfernte sie, durch Bestellung von Bier, Brot und Käse, aus der Stube und untersuchte in ihrer Abwesenheit das Butterfass. Er fand nichts Verdächtiges außer einem unter dem Fasse liegenden Wolllappen, wovon er ein Stück abriss und zu sich steckte. Nach schneller Verzehrung des Bestellten eilte er nach Hause, hieß seine Frau sogleich Butter ausstoßen und schob das mitgebrachte Stück Lappen heimlich unter das Fässlein. Die Frau hatte nur einen Viertelschoppen Rahm, dennoch gewann sie daraus, zu ihrer großen Verwunderung, einen mächtigen Klumpen Butter.

Bald nachher schellte jemand am Haus, es war ein Knecht mit einem Pferde, das noch jetzt, so spät in der Nacht, beschlagen werden sollte. Der Schmied verrichtete zwar dieses Geschäft, nahm jedoch, weil ihm die Sache verdächtig war, keinen Lohn dafür. Nachdem der Knecht mit dem Pferde sich entfernt hatte, kam er in kurzem allein mit einem Buch zurück und sagte, es sei besser getan, ihm etwas zu schenken als seinem reichen Herrn. Er habe die Bescheinigung für das Beschlaggeld in dem Buch entworfen, der Schmied solle sie nun unterschreiben, dann könne er seinem Herrn

das Geld aufrechnen. Der Schmied nahm das Buch und schrieb hinein: »Das Blut Jesu Christi, des Sohnes Gottes, mache uns rein von allen Sünden! Amen.« Da fuhr der vorgebliche Knecht, das Buch zurücklassend, mit fürchterlichem Gebrülle zum Fenster hinaus und riss den ganzen Kreuzstock mit. Nicht lange darauf fand die Schmiedin, dass der Klumpen Butter verschwunden und stattdessen nur ein kleines, ihrem wenigen Rahm entsprechendes Stücklein vorhanden war. Am andern Morgen hieß es, die Adlerwirtin sei schwer krank. Der Schmied mutmaßte nun gleich, dass sie das Pferd gewesen sei, ging gerade zu ihr, riss die Decke, worin sie tief verhüllt war, hinweg und sah, dass sie an Händen und Füßen Hufeisen hatte. Unverzüglich holte er ihren Mann herbei, der, nachdem er den Beschlag gesehen und das Übrige erfahren hatte, selbst seine Frau bei der Obrigkeit anzeigte. Sie ward hierauf eingezogen und nach einer Untersuchung als Hexe auf dem Richtplatz verbrannt.

Das Fenster, zu dem der Teufel hinausgefahren, ist zwar zugemauert, aber noch allgemein in Heilbronn bekannt. Auch soll daselbst das Buch noch vorhanden sein, worin die Namen vieler stehen, die sich dem bösen Feinde verschrieben hatten.

D' Haleshex

Im Griet lebte einmal vor vielen hundert Jahren eine Bauernfamilie, der ein kleines Mädchen geboren wurde. Die Jahre gingen vorüber, das Mädchen wuchs heran und wurde wunderschön. Viele beneideten sie um ihre Schönheit. Andere aber brachten in Umlauf, dass das schöne Mädchen eine Hexe sein müsse. Hexen wurden aber verfolgt, so auch das schöne junge Mädchen. Sie wurde zum Haleswald, in dem sich ein dunkles, tiefes Moor befand, geführt. Es wurde ihr ein Stein umgebunden und sie wurde im Moor versenkt.

Noch heute ist sie manchmal nachts über dem Haleswald als leuchtende Gestalt zu sehen und warnt Wanderer und andere Menschen, die unterwegs sind, vor dem gefährlichen Moor im Haleswald.

Von Schelmen, Schlaubergern und Schlawinern

Schülerrache

Hoch oben auf den Löwensteiner Bergen, mitten im Wald, liegt Stocksberg. In vergangener Zeit hatten die Stocksberger eine eigene Schule und einen Lehrer, der jedoch, wie die Bauern sagten, kein »studierter Schulmeister« war. Er war nämlich seines Zeichens ein Korbmacher und unterrichtete nebenbei die Kinder in Lesen und Schreiben, so wie er es einst selber in der Schule gelernt hatte.

Zu diesem alten Schulmeister kam eines Tages der Dekan von Marbach zur Schulvisitation. Dieser Dekan war ein gar strenger Herr und auf den Fortschritt im Schulwesen mit großem Eifer bedacht. Vor kurzem hatte er es durchgesetzt, dass auch in der Stocksberger Schule das Volksschullesebuch eingeführt worden war, und nun wollte er sich bei der Prüfung überzeugen, ob dasselbe auch von den Schülern benutzt und gelesen werde.

Er fragte also die Kinder allerlei, was im Lesebuch steht. Aber er mochte fragen, was er wollte: da war weder Stimme noch Antwort zu hören. Nicht einmal von ihrem württembergischen Vaterlande wussten ihm die Schüler etwas zu sagen. Der

Herr Dekan war darüber sehr böse und schalt die Kinder wegen ihrer Unkenntnis und ihrer Faulheit tüchtig aus.

Nachdem die Prüfung zu Ende war, ließ sich der Dekan von den Dorfpotentaten und dem Lehrer den Weg nach Löwenstein beschreiben. Denn dort wollte er noch auf dem Heimweg einen Besuch machen. Nachdem er sich orientiert hatte, nahm er Abschied und wanderte zum Ort hinaus. Aber kaum war er in den Wald gekommen, so stand er schon vor einer Wegscheidung, bei der er nicht wusste, wohin er sich wenden sollte. Wie er nun ratlos dastand, hörte er im Wald etwas rascheln, und als er sich umschaute, erblickte er einen Schulbuben, der Reisig zusammenlas. »Hör, Kleiner«, redete ihn der Dekan an, »sag mir mal, welches der Weg nach Löwenstein ist.« Der Bub schaute den Herrn Dekan verwundert an, so als ob er ihn nicht recht verstanden hätte. Als aber der Herr Dekan zum zweiten Mal und diesmal etwas energischer fragte, da platzte der Bub heraus: »Was? Heute Morgen habt Ihr mich geschimpft, weil ich nicht gewusst habe, wo Heidenheim liegt, und jetzt wisst Ihr nicht einmal, wo Löwenstein ist? Euch zeig ich den Weg nicht!« Sprach's und verschwand im Walde.

Der Herr Dekan war zunächst ganz verdutzt über des Buben Rede. Dann aber brach er in ein herzliches Lachen aus, denn er war auch ein Mann mit Humor. Kühnen Mutes nahm er den Weg der Nase nach und kam glücklich nach Löwenstein, auch ohne Wegweiser.

Aus dem Dekan ist später ein Prälat geworden, in dessen Hände die Leitung des evangelischen Schulwesens in Württemberg gelegt war. Wenn er in geselligem Kreise weilte, wusste er sich manchmal auch seines Abenteuers im Stocksberger Walde zu erinnern und durch die Erzählung desselben die größte Heiterkeit bei den Zuhörern zu entfesseln.

Kerners originelle Freunde

Schon in Welzheim kam ein Schneider aus Neckarsulm zu uns, der uns auch in Weinsberg noch oft aufsuchte. Er hatte viele, aber unschädliche fixe Ideen. Für gewöhnlich verfertigte er aus bunten Tuchlappen Bäusche und Nähkissen, zog damit durch das Land und verkaufte sie. Dem Vater und Karl Mayer, der sich damals in Heilbronn aufhielt, diente er oft als Bote schon von Welzheim aus. Sehr komisch war es, wenn unser Schneider von dem »Kommandantsgeist« erzählte, der in ihm wohne, was der ihm gesagt habe und wie er ganz nach dessen Willen handle. Dem Kommandantsgeist war nichts verborgen, und durch denselben glaubte er sich ein Wunder von Verstand. Eine weitere fixe Idee von ihm war, jedes Kleidungsstück, dessen er habhaft werden konnte, heimlich zu zertrennen, das Muster davon abzuschneiden und es dann möglichst schnell wieder zusammenzunähen. Die Landjäger waren sein Schrecken, und er hatte denselben ewige Feindschaft geschworen, denn es kam oft vor, dass er von einem solchen weitertransportiert wurde, bis er wieder in seinem ihm angewiesenen Aufenthaltsort Neckarsulm war.

Mit großer Schadenfreude erzählte er mir einmal, wie er, als er zugleich mit einem Landjäger in einem Wirtshaus übernachtete, sich dessen Rock zu verschaffen gewusst, denselben zertrennt und ein Muster davon abgeschnitten habe. Der Tag hätte ihn bei der Arbeit überrascht, ehe er Zeit gefunden, den Kragen wieder aufzunähen, und er hätte daher denselben mit Leim am Rocke festgeklebt. »Der wird sich schön gefreut haben, wenn er in Regen kam«, schloss er diese Erzählung.

Wenn der närrische Schneider längere Zeit nicht kam, so fehlte er dem Vater sehr. Er unterhielt sich gerne mit demselben und

erfreute sich an dessen gesundem Mutterwitz, der oft, einem Blitzstrahl gleich, durch seinen umwölkten Geist brach. Als er alt und schwach war, musste er in Neckarsulm im Armenhaus bleiben; ich durfte ihn noch hie und da mit dem Vater besuchen und bekam als letztes Andenken noch ein schönes, buntes Nähkissen von ihm.

Ein Weingärtner namens Röd ging täglich an unserem Hause vorüber, er war ein fleißiger Mann, aber auch verwirrt im Kopf. Während des Gehens hielt er immer lange Reden und machte alle Familienstreitigkeiten, eingebildete und wirkliche, auf der Straße aus, indem er laut vor sich hin sprach. Seine Reben besorgte er treulich. An einem schönen Frühlingstag, als es ihm bei der Arbeit warm wurde, zog er sein Wams aus und hängte es über einen Weinstock. Beim Nachhausegehen am Abend vergaß er, es anzuziehen, obgleich mittlerweilen ein starker Nordwind angefangen hatte zu wehen. Voll Sorge, seine Reben möchten in der kalten Nacht Schaden genommen haben, eilte er am andern Morgen in aller Frühe in den Weinberg hinaus und richtig, alle waren erfroren bis auf den einzigen Stock, über den er sein Wams gehängt hatte. Da fuhr er voll Entrüstung, so dass es in der Nähe arbeitende Weingärtner hörten, seine Rebstöcke an: »So! Glaubt ihr, man solle euch auch noch Wämser machen lassen«, und fing an, einen um den andern an der Wurzel abzuschneiden. Kaum gelang es den Nachbarn, den Aufgebrachten etwas zu beschwichtigen und seinem Treiben Einhalt zu tun.

Peter Babel, ein Müller in Bitzfeld, war auch ein Original, das durch jahrelangen Umgang wir als zu uns gehörend betrachteten. Zweimal in der Woche schickte er einen Boten an den Vater mit einem Krankenbericht, der, mit wenig Abwechslung, immer dasselbe enthielt: »daß die Nase trocken, Zunge belegt, Hände und Kniee kalt seien und der ›Adam‹ (Atem) nicht von unten herauf gehe«. Auf jeden Bericht verlangte er eine Verordnung. Für den Arzt war es keine Kleinigkeit, immer eine unschädliche und nicht zu teure Arznei herauszufinden, besonders da keine Krankheit bei ihm zu entdecken war. Zu prozessieren war ihm ebenso Lebensbedingung. War einer seiner Prozesse in vollem Gang, so lauteten die Krankenberichte etwas günstiger. In dieser Weise trieb es der Mann mindestens dreißig Jahre lang; sein Vater hatte ihm mehrere Güter und eine stattliche Mühle hinterlassen, allein alles verzehrten endlich die Apothekersrechnungen und die Prozesskosten. Als keine Mittel mehr vorhanden waren, die Arzneien zu bezahlen, und doch immer noch Krankenberichte kamen, mischte der Vater dem Patienten selbst solche zusammen, die er mit dem gleichen Erfolg nahm wie die Arzneien aus der Apotheke. Der Vater nahm natürlich nie eine

Bezahlung von ihm. Er hatte ihn durch seine Originalität und jahrelangen Umgang lieb gewonnen und betrachtete seine Krankheitsgeschichten als eine unheilbare fixe Idee. Nicht allein als Arzt konsultierte Babel den Vater, er zog ihn auch bei allen seinen Prozessen ins Vertrauen und verlangte Rat von ihm. Leider wurde Letzterer, der stets zum Frieden aufforderte, nur selten befolgt. Für uns Kinder war der gute Mann sehr heilsam, denn wir nahmen uns sehr in Acht, ein unbedeutendes Übel zu klagen, weil uns dafür von den Eltern sehr leicht der Name »Peter Babel« zuteil wurde. Dieses Mittel hatte noch für die nachfolgende Generation seine gute Wirkung. Der arme Peter Babel nahm ein trauriges Ende. Als nichts mehr vorhanden war, sein Leben zu fristen, fiel er der Gemeinde zur Last. Mühsam versah er noch längere Zeit das Amt eines Polizeidieners, bis er endlich im Elend starb an der Krankheit, gegen die kein Kraut gewachsen ist, am Alter.

Als wir einmal mit dem Vater zu Fuß nach Eberstadt gingen, kam uns in der Hälfte des Wegs ein Bote entgegen mit dem Brief eines Patienten. Die Sache erforderte Eile. Umzukehren, um das Rezept zu Hause zu schreiben, war nicht mehr möglich, und niemand hatte etwas zum Schreiben Dienliches bei sich. Während des Überlegens, was zu tun sei, kam ein uns bekannter Weinsberger Weingärtner vorüber, der nach Hause ging. Der Vater frug ihn: »Habt Ihr kein Bleistift und Papier bei Euch, Hansjörg?« – »Das nicht, Herr Doktor, aber ein Stück Kreide.« – »So muss diese helfen; kommt her, Hansjörg, haltet mir Euren breiten Rücken her, auf Eurem blauen Wams lässt sich prächtig ein Rezept schreiben. – So, jetzt geht zusammen in die Apotheke nach Weinsberg, und du Bote sorge, dass niemand dem Hansjörg auf den Rücken klopft.«

Beide kamen glücklich in der Apotheke an, und der Apotheker verfertigte unter Lachen die Arznei. Er behauptete nachher, er hätte nicht leicht ein so schön und deutlich geschriebenes Rezept des Vaters zu lesen bekommen.

In Sülzbach war ein Schullehrer namens Wurst, der immer mit seinem Pfarrer in Streit lebte. Oft klagte er dem Vater seine Not, wie feindlich der Pfarrer gegen ihn sei, letzthin habe er ihn mit einem Blick angesehen wie der Franz Moor im Don Carlos.

Dieser Schullehrer kam einmal zum Vater, als derselbe auf dem Turme war. Das Thema über den Pfarrer war erschöpft, und Wurst plagte den Vater mit Fragen über die Farbe der Fahne auf seinem Turm, was dieselbe zu bedeuten habe und so weiter. Der Vater nahm als Mittel gegen die Langeweile den Humor zu Hilfe und erklärte dem Schullehrer, dass jeden Tag andere Farben aufgesteckt würden, gleichsam als ärztliche Berichte und Weisungen an die Chirurgen im Tal. Sei die Ruhr vorherrschend, werde eine rote Flagge aufgesteckt, beim Gallenfieber eine gelbe, sei die Sterblichkeit groß, eine schwarze. Auf diese Weise malte er die Sache immer weiter aus. Während des Gesprächs kam meine Tante Steinbeis, die auf Besuch bei uns war, auf den Turm. Der Vater schloss mit den Worten: »Ja, so ist es, Herr Schullehrer, und das ist meine Schwester, Frau Pfarrer Steinbeis.« – »Sie haben mir viel erzählt, Herr Doktor, und ich habe Ihnen alles geglaubt, aber dass Ihre Frau Schwester Steinbeis heißt, das glaub ich Ihnen nicht«, war des Schullehrers Antwort.

Justinus Kerners Pfannkuchenreise

Morgens zehn Uhr, als wir von Krankenbesuchen heimgingen, blieb mein Vater plötzlich stehen und sagte: »Ich möchte wissen, wer in Weinsberg die besten Pfannkuchen backt.«

Wir deliberierten und vereinigten uns auf drei Frauen, die nach Aussehen und Charakter die besten Pfannkuchen backen könnten. Es war die Gerichtsbeisitzer Theurer, die Pfarrerswitwe Koch, die Stiftungspfleger Weber.

Wir gingen stracks zur Frau Gerichtsbeisitzer Theurer. »Liebe Frau Theurer«, sagte mein Vater, »wir kommen in einer eigenen Angelegenheit, nämlich ich und mein Sohn wissen, dass Sie die besten Pfannkuchen im Städtchen backen, und da möchten wir gerne – –«

»Was, Sie wollen mich uzen?«, unterbrach ihn die Frau Gerichtsbeisitzerin; »ich weiß wohl, es ist Ihnen viel zu gering, bei uns zu essen, obgleich – ich will mich nicht rühmen – aber meine Pfannkuchen sind so gut, und noch besser als die vieler andern Leute.«

»O, das wissen wir«, sagte mein Vater, »und es ist unser voller Ernst, wir möchten gar zu gerne ein oder zwei Pfannkuchen bei Ihnen essen.«

»Nun, Spaß oder Ernst, Sie sollen die Pfannkuchen haben, setzen Sie sich einstweilen«, sagte die Frau und ging hinaus.

Bald hörten wir, wie es in der Küche brodelte und zischte, und heiß aus der Pfanne stellte sie uns zwei Pfannkuchen hin und ließ es auch an Tellern, Messern und Gabeln nicht fehlen. Die Pfannkuchen waren offenbar zu hastig und halb im Zorn gebacken, sie waren lederzäh, an einigen Stellen verbrannt. Die Frau Gerichtsbeisitzerin hatte etwas an Fett und Eiern gespart. Wir aßen sie aber säuberlich auf und dankten beim Abschied höflichst.

Denn andern Tag um zehn Uhr sagte mein Vater: »Die Pfannkuchen gestern waren nicht besonders gut, wir wollen heute sehen, wie sie bei der Pfarrerswitwe sind.« Wir traten bei ihr ein, und mein Vater sagte: »Liebe Frau Pfarrerin, nicht jedem ist es gegeben, gute Pfannkuchen zu backen, aber ich und mein Sohn sind überzeugt, dass Sie diese Gabe in hohem Grade besitzen, und da uns eine unbändige Lust befallen hat, einen oder zwei Pfannkuchen zu essen, so haben wir uns die Freiheit genommen, zu Ihnen zu kommen.«

Sie entgegnete: »Verehrter Herr Oberamtsarzt, ich wollte zwar gerade ausgehen und die kranke Frau Dekanin besuchen, aber da Sie und der Herr Sohn mir die große Ehre schenken, etwas bei mir genießen zu wollen, so kann ich diesen Besuch wohl aufschieben. Doch, ich meine, Pfannkuchen sind morgens schwer verdaulich, darf ich Ihnen nicht ein Beafsteak oder einen Heringssalat oder saure Nieren bereiten?«

»Nein, nein«, sagte mein Vater, »ich habe durchaus keinen verdorbenen Magen, und ein Pfannkuchen wäre uns das Liebste.«

»Nun, so will ich Ihnen mit meinen schwachen Kräften so schnell als möglich einige feine Pfannkuchen bereiten«, entgegnete sie und ging hinaus. Sie brachte bald einen großen Teller mit wenigstens sechs Pfannkuchen, aber sie waren klein und weiß und dünn wie Postpapier.

Wir aßen mit großem Appetit alle auf und empfahlen uns gerührt. Unterwegs sagte mein Vater: »Die Pfannkuchen der Frau Pfarrerin schmeckten sehr gut, ich hätte noch mehr essen können, aber Pfannkuchen waren es eigentlich nicht, es waren Flädle. Ich setze all meine Hoffnung auf die Stiftungspflegerin.«

Am dritten Tag gingen wir zu dieser. Mein Vater brachte seine Bitte um einen guten Pfannkuchen vor.

»Ja, ja, Herr Doktor«, sagte sie, »die Pfannkuchen sind Ihr Leibessen und Sie machen gegenwärtig eine Pfannkuchenreise im Städtle herum, ich habe schon von der Frau Gerichtsbeisitzerin und Frau Dekanin, der es die Frau Pfarrer Koch erzählt hat, gehört und ich weiß, morgens um zehn Uhr hat man den meisten Hunger, und da schmeckt so etwas gut. Ich will Ihnen und dem Herrn Sohn einen bereiten, mit dem Sie gewiss zufrieden sind, und Sie werden sagen: die Weberin, die versteht's! Aber Sie müssen mir eine halbe Stunde Zeit lassen.«

Und sie deckte den Tisch säuberlich, setzte auch neben die Teller zwei Gläser hin, was uns innerlich erfreute. Richtig, nach einer halben Stunde stellte sie einen immens großen, dicken, schön gebräunten Pfannkuchen vor uns auf und auch eine Flasche roten Wein.

Die Pfannkuchen waren exzellent, doch es war kein rechter Pfannkuchen, mehr ein Zwiebelkuchen, auch der Wein dazu behagte uns sehr. Sie sah mit Freuden zu, wie es uns so gut schmeckte, und zum Abschied sagten wir: »Auf baldiges Wiedersehen!«

Als wir die Stiege hinabgingen, sagte mein Vater: »Du, wer backt die besten Pfannkuchen?« – »Die Mutter, die Mutter«, rief ich. »Ja, du hast Recht, die Mutter, die gute Mutter backt doch die besten Pfannkuchen«, sagte er, »und es war Unrecht von uns, dass wir anderswo bessere suchten. Wir wollen ihr auch Abbitte tun und ihr gestehen, warum wir seit drei Tagen beim Mittagessen keinen rechten Appetit mehr hatten.«

Robert Mayers Wette

Robert Mayer hat als Naturforscher Großes geleistet. Eine sichtbare Anerkennung seiner Verdienste ist das Denkmal auf dem Marktplatz zu Heilbronn. Aber auch als angenehmer und witziger Gesellschafter ist Mayer in seiner Vaterstadt noch nicht vergessen. Gerne verkehrte er mit den Weingärtnern, die in Heilbronn auch unter dem Namen »Heine« bekannt sind.

Einmal hatte sich Mayer in einer Besenwirtschaft wieder vortrefflich unterhalten. Der starke Wein löste die Zunge und entlockte Mayer die Behauptung, dass er bis zum nächsten Abend drei lebendige Tübinger Weingärtner in einem Zündholzschächtele herbeischaffen wolle. »Wann Se des fertig bringe däte«, meinte ein Weingärtner, »no däte drei Flasche Wie zahle.« – »Und ich«, versicherte Mayer, »stelle das doppelte Quantum zur Verfügung, wenn ich mein Versprechen nicht halte.« Ein kräftiger Händedruck besiegelte die Wette. Dabei entschlüpften dem Weingärtner die Worte: »Moriche Owed könne mr aa amol umsunst trinke, Herr Dokter.«

Am andern Tag machte Mayer seinen gewohnten Spaziergang über den Wartberg. Unterwegs fand er leicht Gelegenheit, drei schöne Raupen des Wolfsmilchschwärmers in einem Schächtelchen mitzunehmen. Mit diesen erschien er abends in der Besenwirtschaft. Schon bei seinem Eintreten, riefen ihm mehr als zehn Stimmen zu: »Herr Dokter, Se henn d'Wett verlore, vunn Ihre Düwinger Wengerter sieht mr nix.« – »Nur langsam«, beruhigte sie Mayer und suchte sich noch ein bescheidenes Plätzchen an dem dicht besetzten Tische aus. »Die Tübinger Weingärtner habe ich bei mir, hier sind sie!« Dabei öffnete er die Schachtel und ließ die drei Raupen auf den Tisch spazieren. »Oh, des senn nor Rauwe!«, rief alles durcheinander. »Eben deshalb habe ich die Wette gewonnen«, lachte Mayer. »Wie man in Heilbronn d'Wengerter ›Heine‹ nennt, so heißen sie in Tübingen ›Raupen‹.« – »So, so«, summten die Anwesenden, »des isch gewiss e alter Studentewitz.« – »Awer drei Flasche Wie isch'r wert«, bestätigte der Weingärtner, der am Abend vorher gewettet hatte.

Der durstige Nussbaum

Die Bauern in einem Dorf waren lauter brave, schlichte liebe Leute; aber einfältig sind sie auch gewesen, einer wie der andere. Es war da draußen vor ihrem Dorf ein Nussbaum gewachsen, auf einem Rain über einem kleinen Fluss, dem hing ein großer Ast über das Wasser und senkte sich immer tiefer darauf hinab, bis er es fast berührte. Den Leuten ging das nahe, und sie fragten sich, was der Nussbaum wohl haben könnte, dass er den Ast immer tiefer auf die Flut senkte. Sie redeten eine Weile hin und her, bis es ihrem Schultheißen zuletzt einfiel. Sie sähen doch wohl, sagte er, dass der Baum auf dem Rain da oben im Trockenen stünde und dass er gerne trinken möchte, und deswegen strecke er den Ast nach dem Wasser aus, denn dieser Ast, das wäre eben dem Baum sein Schnabel. Das leuchtete den Bauern ein, und alsbald kamen sie mit einem großen Seil angerückt, das sie dem Nussbaum in die Krone banden. Dann stellten sie sich auf der anderen Seite auf und zogen ihn mit allen Kräften herab, damit er endlich zu seinem Trunke käme. Danach befahlen sie ihrem Dorfboten, auf den Baum zu klettern und seine Krone vollends auf das Wasser hinunterzudrücken. Der Bote stieg auch hinauf und tat, wie ihm geheißen, aber im gleichen Augenblick zerriss das Seil und der Baum schnellte mit Macht zurück und ein harter Ast schlug dem Boten den Kopf ab. Der flog drüben in ein dichtes Gebüsch und blieb da verschwunden und der Bote kam ohne Kopf aus dem Baum herunter. Da waren die Bauern sehr erschrocken, als sie sahen, dass er keinen Kopf mehr hatte, und hielten Rat miteinander, und einer fragte den anderen, ob der Bote den Kopf noch gehabt hätte, als er auf den Baum geklettert wäre. Aber es konnte sich keiner mit Gewissheit erinnern.

Endlich sagte der Schultes, er für seine Person wäre ziemlich sicher, dass der Bote schon keinen Kopf mehr gehabt hätte, als er mit ihnen hinausgegangen wäre. Er hätte ihm nämlich drei Mal etwas zugerufen, ohne jedoch eine Antwort zu bekommen, doch hätte er einstweilen nicht weiter darauf geachtet. Danach beschlossen die Bauern einstimmig, jemanden zu dem Boten seiner Frau zu schicken. Sie müsste es ja am besten wissen, ob ihr Mann heute Morgen seinen Kopf noch hatte, als er aufgestanden und mit ihnen zu dem durstigen Nussbaum gegangen wäre. Aber mit Sicherheit wusste sie es auch nicht zu sagen, und so ist es nie herausgekommen, ob der Bote seinen Kopf schon vorher irgendwo gelassen oder ob er ihn noch mit auf den Nussbaum gebracht hatte.

Der Bürgermeister und der Rechtsgelehrte

Ein kluger Mann, ein Doktor der Rechte, begab sich eines Tages mit einem armen Teufel, dem er in einem strittigen Handel beistehen wollte, zum Hause des Bürgermeisters in seiner Stadt. Er kam in seinem alten Wams und den ausgetretenen Schuhen daher, wie ihn sein Schützling aus seinem Garten abgeholt hatte. Als er an die Türe pochte, guckte der Schreiber des Bürgermeisters aus dem Fenster und fragte nach seinem Begehr. »Wie sieht er denn aus?«, wollte der Bürgermeister wissen, der hinten in seiner Stube saß. »Einen zerrissenen Kittel und dreckige Schuhe hat er an«, sagte der Schreiber, »von dem anderen gar nicht erst zu reden.« – »Dann sagst du ihm«, sprach der Bürgermeister, »ich habe jetzt zu tun und kann ihn jetzt nicht anhören.«

Der Doktor dachte sich seinen Teil und ging heim, um sein Staatsgewand anzulegen. Dann begab er sich zum Hause des Bürgermeisters zurück. Der Schreiber schaute abermals zum Fenster heraus. »Ein Herr«, sagte er über die Schulter zu seinem Bürgermeister, »eine damastene Schaube und auf dem Kopf ein rotes Barett.« – »Hinunter mit dir«, sagte der Bürgermeister, »und führe ihn herauf.«

Der Doktor aber, noch ehe er ihn begrüßte, begann seinen Rock und seine seidenen Ärmel zu küssen. »Herr Doktor«, sagte der Bürgermeister, der ihn wohl kannte, »warum küsst Ihr denn Euer Gewand?« – »Es hat mir geholfen«, antwortete der Doktor, »dass ich bei Euch vorgelassen werde, Herr Bürgermeister. Darum ist es mir so lieb. Als ich vorhin in meinem alten Kittel hier gewesen bin, habt Ihr mich wieder abziehen lassen.« Von da an hat der Bürgermeister niemanden mehr abgewiesen, nur weil er einen schlechten Rock anhatte.

Wie die Sülzbacher zu einem Teil des Lederhosenwalds kamen

Die Willsbacher hatten einmal Geld von der Gemeinde Sülzbach entlehnt. Als Pfand hatten sie einen Teil des Lederhosenwaldes gegeben. Als der Tag kam, an welchem die Schuld wieder zurückgezahlt werden musste, schickte der Willsbacher Bürgermeister einige Vertreter mit der Summe nach Sülzbach. Das war natürlich für die Herren eine festliche Abwechslung. Sie hatten allerdings die strenge Anweisung, den Auftrag pünktlich auszuführen, da bei nicht pünktlicher Bezahlung der Wald an Sülzbach fallen würde.

Die Gesandten wurden recht freundlich vom Sülzbacher Bürgermeister und seinen Männern empfangen und natürlich sofort zu einem Umtrunk eingeladen – für die Amtsgeschäfte habe man noch Zeit genug. Man sprach vom Wetter, den bösen Zeiten und der Not der Bauern. Doch der Rotwein vom Alten Berg brachte bald frohe Stimmung. Immer wieder kreiste der Humpen unter den Männern. Die Nacht war längst hereingebrochen. Man saß beim Scheine der Pechfackeln und Kerzen und prostete sich recht fröhlich zu.

Auf einmal schlug die Turmuhr elf. Rasch setzten die Willsbacher Herren ihre Amtsmiene auf, denn sie wussten, dass das Geld um Mitternacht bezahlt sein musste. Wie sie aber die Schuldsumme übergeben wollten, schob der Sülzbacher Bürgermeister sie wieder zurück mit den Worten: »Meine Herren, es ist schon Mitternacht vorbei. Unsere Turmuhr geht eine Stunde nach.« So kamen die Sülzbacher zu ihrem einzigen Waldstücklein. Wie die Willsbacher Abordnung daheim empfangen wurde, ist nicht überliefert, aber dass die Willsbacher Herren ihren Wald »versoffen« hatten, machte natürlich alsbald die Runde.

Von den Hessigheimern

Wenn sich die Wanderer nach der Fülle des Gesehenen durstig und müde in einem Gasthaus niederlassen, so dauert es ziemlich lange, bis die Verständigung hergestellt ist; dafür fällt dann der Abschied umso schwerer. Ich möchte nicht sagen, dass die Hessigheimer deshalb nicht gastfreundlich wären, nein, nur ihre Sprache ist ein sonderbares Gemisch. Wenn sich im benachbarten Mundelsheim zwei Personen unterhalten, die von den Mundelsheimern nicht verstanden werden, entsteht jedes Mal ein kleiner Streit, ob es sich um zwei Hessigheimer oder zwei Ausländer handelt.

Es wird ja behauptet, dieser Dialekt gehöre gar nicht in diese Gegend und die Hessigheimer Ureinwohner seien auf einem Scheunentor den Neckar heruntergeschwommen. Das Tor sei dann am Hambacheck hängen geblieben und seither sei Hessigheim besiedelt. Vielleicht brachten diese Scheunentorflößer auch die anderen Sitten und Gebräuche mit, die heute fast vergessen sind. So sollen den kleinen Kindern weder die Haare noch die Nägel geschnitten werden, ehe sie sprechen können, denn sonst lernen sie es nie.

Ebenso zerbricht sich die Nachbarschaft den Kopf, wieso in Hessigheim die Kirschen so früh reifen. Es wird nun behauptet, die Hessigheimer würden unter den Kirschbäumen Feuer schüren, damit die Kirschen schneller reif werden und so einen größeren Erlös abwerfen.

Der Hessigheimer Wein, in Feinschmeckerkreisen bekannt, soll nur deshalb auf dem Markt eine Seltenheit sein, weil ihn die Hessigheimer selber trinken.

Pfarrer Käferle von Sülzbach

Ein höchst origineller Mann namens Käferle war in Weinsberg, später in Sülzbach Pfarramtsverweser. Sein Vater war ein berühmter Orgelbauer in Ludwigsburg. Der Sohn hat von ihm

den Musiksinn geerbt und war ein geschickter Violoncellospieler, wodurch er oft meinen Vater erfreute. Einst lag Käferle im Bett und hörte, wie der Nachtwächter um Mitternacht sang: »Hört ihr Leu...«, und dann schwieg er, durch irgendetwas abgehalten.

Unruhig wälzte sich Käferle auf dem Lager, sein musikalisches Gehör war durch das plötzliche Verstummen des Nachtwächters empfindlich alteriert. Endlich sprang er auf, ergriff das Violoncello und vollendete mit einem kräftigen Strich: »...te, lasst euch sagen.« Dann konnte er einschlafen.

Ein anderes Mal kam er totblass ganz außer Atem von Sülzbach her bei meinem Vater (Justinus Kerner) an. »Wie Sie mich hier sehen, bin ich ein Kind des Todes, Herr Doktor!«, schrie er. »Um Himmels willen, was ist geschehen?«, rief mein Vater. »Ich habe eine giftige Leberwurst gegessen!« (Käferle hatte kurz vorher das Werk meines Vaters über das Wurstgift gelesen.) »Ja wissen Sie denn gewiss, dass die Wurst giftig war?«, fragte mein Vater. »O, gewiss, ganz gewiss«, erwiderte Käferle. »Ist denn nicht noch ein Stückchen von der Wurst übrig, dass man sie chemisch untersuchen könnte?« – »O ja, noch fast die Hälfte habe ich in der Kommodenschublade eingeschlossen.« – »Dann geben Sie mir schnell den Schlüssel, ich will einen Boten hinausschicken, dass man sie holt«, sagte mein Vater. »Nichts da, nichts da, ich erlaube es nicht«, rief Käferle ganz empört. »Aber warum denn nicht?« – »Ich habe sie mir zum Nachtessen aufgehoben!«

Da Käferle hier viel von Geistererscheinungen las und hörte, war er nicht allein geistergläubig, sondern in seinem einsamen Pfarrhaus auch recht geisterfürchtig geworden, so dass man ihm nachsagte, er lege sich nachts im Kirchenrock zu Bett, um den Geistern, die an ihn heranwollten, zu imponieren.

Einmal bat er den Steuerrat Lemp von Stuttgart, der in Weinsberg war, er möchte doch bei ihm übernachten, er höre ganz unerklärliche Töne, die offenbar von Geistern herrühren. Da Käferle kein Sofa hatte, legte sich Lemp zu ihm ins Bett.

Nachts bekamen sie aber – denn Lemp war dick und ein besseres Bett gewohnt – über den Platz, den jeder nach der Ansicht des anderen zu viel einnahm, empfindliche Händel und vergaßen durch die körperlichen Unbequemlichkeiten und die von Zeit zu Zeit recht lebenswarmen Püffe, in die ihre Unmut ausartete, vollständig dem Geisterspuk ihre Aufmerksamkeit zu schenken. »Nein, diese Nacht!«, klagten am Morgen beide und sahen blass und übernächtigt aus.

Woher die unerklärlichen Töne kamen, stellte sich bald heraus: durch die dem Pfarrhaus angebaute Scheune hatte sich eine Gans auf den Dachboden verirrt und trappte ungeduldig auf und ab. Mein Vater lachte Käferle herzlich aus und sagte: »Ganz mit rechten Dingen ging es doch nicht zu, die Gans war keine gewöhnliche Gans, sondern eine von Luther besessene Martinsgans und sie wollte vom Pfarramtsverweser exorziert sein!«

Ein gutes Rezept

Ein vermögender Bauer, der aber durch seine kleinliche Sparsamkeit, bei der er sich selbst nie etwas Gutes gönnte, bekannt war, kam zu meinem Vater (Justinus Kerner) und klagte über Schwäche, Mattigkeit und Magenweh. »Ich wüsste Ihnen schon zu helfen«, sagte mein Vater, nachdem er ihm den Puls gefühlt hatte, »aber die Arznei ist etwas teuer und muss öfters wiederholt werden.«

»Das tut nichts, ich füge mich in alles, wenn ich nur wieder gesund werde«, entgegnete der Bauer.

»Nun, so gehen Sie jetzt in den Gasthof zur Traube, bestellen sich ein Beefsteak und eine Flasche guten alten Wein. Wenn Sie das verzehrt haben, kommen Sie wieder zu mir!«

Der Bauer sah meinen Vater verblüfft an, befolgte aber pünktlich seinen Rat. Nach einer Stunde kam er wieder mit leuchtendem, gerötetem Gesicht.

»O, Herr«, rief er, »das war aber eine Arznei! Ich habe gar nicht gewusst, dass es so etwas Gutes auf der Welt gibt! Mein Magenweh ist ganz vorbei, und ich fühle mich stark und dabei doch federleicht!«

»Nun«, sagte mein Vater, »lassen Sie sich diese Arznei nur öfters machen, wenigstens zwei Mal in der Woche, dann sparen Sie an Doktor und Apotheker und haben doch auch etwas vom Leben.«

Der Provisor und der Schulinspektor

Die Provisoren (Hilfslehrer) waren in früherer Zeit sehr schlecht bezahlt und mussten ein Hungerleben führen.

Einer dieser Provisoren lebte in einem kleinen Dorf im Unterland. Als nun der Schulinspektor den jungen Lehrern die Aufgabe stellte, einen Aufsatz zu schreiben über die Freuden und Leiden des Lehrerberufes, da wusste unser Provisor sehr viel über das Leid aus eigener Erfahrung, bei den Freuden aber musste er sich auf den himmlischen Lohn verlassen. Er tat dies mit dem Bibelwort: »Die Lehrer werden leuchten in des Himmels Glanz.«

Doch er hatte nicht mit der gesellschaftlichen Ordnung und der gottgewollten ständischen Gliederung gerechnet. Der Schulinspektor war durch diese Erwartung eines Provisors sehr unangenehm berührt und er schrieb neben diese anmaßende Stelle: »Werden wohl schwerlich die Volksschullehrer gemeint sein!«

Der Hinterfuß

In Heilbronn war ein Prälat, ein äußerst liebenswürdiger, feingebildeter Mann, den mein Vater sehr hoch schätzte, auch seine Frau war durchaus brav, nur eine kleine Schwäche war an ihr zu finden. Die Prälatenwürde ihres Mannes war ihr zu Kopf gestiegen und trotz sonstiger Bescheidenheit wartete sie, namentlich Fremden gegenüber, mit ängstlicher Spannung darauf, dass ihr immer der vollwichtige Titel »Frau Prälatin« zuteil wurde. Wenn der Herr Prälat zu Visitationen die Pfarrdörfer seines

Sprengels bereiste, begleitete sie ihn mit Vorliebe, warf sich in gehörigen Putz, und in ihrem schwarzseidenen Taffetkleid, dem gewirkten Shawl und dem modischen, etwas aufgedonnerten Hut sah sie imposant und würdig aus und fühlte sich so stolz wie ein Reserveleutnant, wenn er sich am allerhöchsten Geburtstag dem erstaunten Zivil in seiner Uniform zeigen darf.

So waren sie auch an einem Sonntag in das Pfarrdorf Steinsfeld gefahren. Der Falkenwirt Schmalzigaug, zugleich Poststallmeister, hatte ihnen seine schönste Kutsche gegeben und der erprobteste Postknecht, der alte Daniel, war ihr Kutscher.

Nach der Kirche, wo der Pfarrer eine musterhafte Rede gehalten hatte, war Mittagessen im Pfarrhaus. Die Frau Prälatin hatte in einer runden Pappendeckelschachtel ihre Staatshaube mit breiten Bändern mitgebracht, die ihr sehr gut zu Gesicht stand und sie freudig stimmte. Zum Kaffee, wobei es einen Gugelhupf gab, waren der Schultheiß und die Frau Schultheißin, der Lehrer und die Frau Lehrerin geladen, und alle zeigten sich von der hohen Ehre, mit der Frau Prälatin an einem Tisch sitzen zu dürfen, sichtlich durchdrungen, und keines hatte es an der gehörigen Unterwürfigkeit fehlen lassen. Jetzt war der Wagen eingespannt, der Daniel blies das bekannte Stückchen auf dem Posthorn: »Das Schiff streicht durch die Wellen, Fridolin«, was das halbe Dorf herbeiströmen machte, die Haube war abgenommen, in die Schachtel getan und mit Hilfe der Frau Pfarrerin der Hut regelrecht aufgesetzt worden, auch der große gewirkte Shawl umgelegt. Die Gesellschaft kam feierlich die Treppe herab, der Herr Prälat und die Frau Prälatin waren in den Wagen gestiegen, die Frau Prälatin tat noch ein Übriges und reichte aus der Chaise heraus der Frau Pfarrerin, Schultheißin und Lehrerin huldvoll die Hand, der Pfarrer, Schultheiß und Lehrer erschöpften sich in Bücklingen, der alte Postknecht wollte eben auf der Seite der Frau Prälatin mit voller Kraft die Kutschentüre zuschlagen, da rief er: »Oha, Frau Prälatin, fast hätt's ein Malheur gegeben, Ihr linker Hinterfuß ist noch außen, hufen Sie ihn ein bissele zurück!«

Der Gänsberg

In einem Krieg wollten einmal die Franzosen das Dorf Wiesloch überfallen. Da floh der Gänshirt, der vor dem Dorf draußen hütete, mit seiner Herde einen bewaldeten Hügel hinauf, wobei die Gänseschar einen Heidenlärm machte. Als nun die Franzosen dieses Lärmen und Schreien hörten und dazuhin noch die weißen und roten Farben im dunkeln Wald umherhuschen sahen, hielten sie das weiße Gefieder und die roten Füße und Schnäbel der Gänse für die Uniformen der Kaiserlichen. Sie wurden von Schrecken und Angst ergriffen, machten schleunigst kehrt und liefen, ohne sich noch einmal umzusehen, davon, über den Rhein hinüber. So wurde Wiesloch durch eine Gänseherde gerettet. Der Hügel bekam von dieser Begebenheit den Namen Gänsberg und hat ihn behalten bis auf den heutigen Tag.

Der Finderlohn

Ein Kaufmann, der zur Messe nach Frankfurt ritt, verlor in der Nähe von Heilbronn sein Felleisen, das er am Sattel hängen hatte. Es waren achthundert Gulden darin. Hernach kam ein Zim-

mermann des Weges und hob es auf und nahm es mit. Zu Hause öffnete er es, und nachdem er gesehen hatte, was darin war, legte er es einstweilen beiseite, denn er dachte, es würde schon danach gefragt werden. Wirklich verkündete am nächsten Sonntag auch der Pfarrer in der Kirche, dass ein Felleisen mit achthundert Gulden darin verloren gegangen sei. Wer es aber gefunden hätte und brächte es wieder, dem gelobte der Verlierer hundert

Gulden als Finderlohn zu verehren. Nun ist der Zimmermann an diesem Sonntag nicht in der Predigt gewesen, aber seine Frau war dort, und als sie bei Tisch saßen, erzählte sie ihm davon. »Hätten wir nicht das Felleisen finden können«, sprach sie, »die hundert Gulden, die kämen uns wohl zustatten.« – »Geh nur hinauf in die Kammer«, sagte der Mann, »unter der Bank, auf dem Absatz vor der Mauer, da habe ich einen ledernen Sack hingelegt, den bring uns herunter.« Die Frau tat, wie ihr geheißen, und er machte das Felleisen auf und zeigte ihr die achthundert Gulden darin. Danach begab er sich zu dem Pfarrer, um ihn zu fragen, ob es auch seine Richtigkeit hätte mit dem verlorenen Geld und den hundert Gulden für den Finder, und als der Pfarrer es bejahte, sagte er, das Geld wäre da und er möchte den Verlierer kommen lassen. Der Kaufmann stellte sich auch nicht lange danach ein und nachdem er das Geld nachgezählt, warf er dem Zimmermann fünf Gulden auf den Tisch. »Diese fünf Gulden hier«, sagte er, »will ich dir obendrein verehrt haben; die andern hundert Gulden hast du dir schon selber genommen, denn es sind neunhundert Gulden in meinem Felleisen gewesen.«

»So könnt Ihr nicht mit mir umgehen«, sagte der Zimmermann, »ich habe nichts genommen, weder hundert noch einen einzigen Gulden. Ich bin ein ehrlicher Mann, und mehr als achthundert Gulden sind nicht in dem Felleisen gewesen.« Weil der Kaufmann aber nicht nachgeben wollte, so lieferte ihm der Zimmermann das Felleisen nicht aus, sondern sagte, dass er es beim Gericht hinterlegen werde, und der Kaufmann hatte nichts dagegen einzuwenden.

Als nach einiger Zeit der Gerichtstag gekommen war, an dem über die Sache verhandelt werden sollte, hatten sich viele Zuhörer eingefunden, die alle den Urteilsspruch hören wollten. Ob er es auf seinen Eid nehmen könnte, fragte der Richter den Kaufmann, nachdem er sie beide verhört, dass nicht acht-, sondern neunhundert Gulden in dem Felleisen gewesen wären. Dazu sei er bereit, erwiderte der Kaufmann. »Dann hebe die Hand und schwöre«, sprach der Richter, und der Kaufmann hob die Hand und schwur. Danach fragte der Richter den Zimmermann, ob er seinerseits beschwören könnte, dass er nicht mehr als achthundert Gulden gefunden hätte. Auch der Zimmermann hob die Hand und schwur. Danach zog sich der Richter mit den Schöffen zur Beratung zurück, und als sie wieder in die Gerichtsstube kamen, verkündete er das Urteil. Beide hätten recht geschworen, lautete der Spruch, der Kaufmann, der die neunhundert Gulden verloren, und der Zimmermann, der die achthundert gefunden.

Dass es aber gerade sein Felleisen gewesen sei, hätte der Kaufmann nicht bewiesen, denn ohne besondere Kennzeichen sei es eben ein Felleisen wie hundert andere auch. Der Kaufmann sollte also weiterhin nach einem suchen, der neunhundert Gulden gefunden hätte, und der arme Zimmermann sollte das Geld behalten, bis einer käme, der achthundert verloren hätte. Alle, die dabei waren, aber lobten hernach das Urteil als gerecht, denn es machte das alte Sprichwort wahr, dass Untreue den eigenen Herrn schlägt.

Das Unglaubliche

Es war ein Edelmann, der fuhr nicht anders als mit vier Pferden aus und tat dabei so stolz, als ob er der König oder gar der Kaiser von Deutschland wäre. Das ärgerte einen Bauern, welcher neben dem Edelhof wohnte und sechs Pferde hatte. Als der Edelmann es ihm zu bunt machte, spannte er seine Sechs an seinen großen Heuwagen und fuhr stets hinter dem Edelmann drein, zwei Knechte vorn, er in der Mitte und vier Knechte hinter ihm. Das erste Mal tat der Edelmann, als bemerke er das nicht, das zweite Mal rief er, wenn das noch einmal geschehe, dann ... Was er weiter sagte, konnte kein Mensch verstehen, denn sobald der Edelmann anfing zu sprechen, gab der Bauer den Knechten ein Zeichen, und sie knallten mit ihren Peitschen, als ob das wilde Heer heranführe. Am folgenden Morgen verklagte der Edelmann ihn beim Richter. Der setzte seine Brille auf und schlug alle seine Bücher auf, aber ein solcher Fall stand nicht darin. Endlich entschied er also: »Wer von euch beiden eine Lüge erfindet, die so groß ist, dass der andre sie nicht glauben kann, der darf mit allen seinen Pferden ausfahren, der andere muss zu Hause bleiben.« Da rieb sich der Edelmann die Hände und dachte, jetzt sei der Bauer verloren, denn der sei keinesfalls so pfiffig wie er. Er zog ein Restchen Brot aus seiner Jagdtasche, hub an zu lügen und sprach: »Gestern haben meine Tagelöhner bis neun Uhr abends Korn gedroschen, das habe ich säen lassen; es war um elf Uhr reif, um zwei Uhr gemahlen, und hier ist das Brot davon.« – »Das glaube ich gern«, sprach der Bauer. »Ich habe gestern Abend Eicheln gelesen und gesäet, die hatten heute Morgen schon gekeimt; da habe ich mir aus ihrem Holz eine Leiter gemacht, die legte ich an den Himmel an und stieg hinauf. Der Erste, dem ich da begegnete, denkt Herr Edelmann, das war Euer Großvater, der saß als Säuhirt hinter der Tür.« – »Das ist gelogen«, schrie der Edelmann zornig; der Richter aber sprach: »Und darum sollt Ihr mit Euren Pferden daheim bleiben, der Bauer aber darf mit Sechsen ausfahren.«

Die Ilsfelder Hasenropfer

In der Gegend von Ilsfeld wurde einst eine Treibjagd abgehalten. Als die Mittagszeit kam, war man eben im östlichen Jagdbezirk fertig geworden. Nun ging es in den westlichen, und die Jäger marschierten durch den Ort. Da kamen sie an einem Wirtshause vorüber, und einer von ihnen machte den Vorschlag, sie könnten sich auch bis zum Abend in diesem Wirtshause einen Hasen fertig braten lassen. Gedacht, getan.

Sie gingen in das Haus, »wo unser Herrgott einen Arm herausstreckt«, und zechten. Ehe sie weitergingen, übergaben sie der Frau Wirtin einen Hasen zum Braten. »Am Abend«, sagten sie, »wenn die Jagd vorüber ist, wollen wir wiederkommen und einen fröhlichen Jagdschmaus halten.« Dann gingen sie weiter ihrem Weidwerk nach. Nach etlichen Stunden, als es bereits dämmerte und die Jagd geschlossen werden musste, kamen die Jäger zurück und gingen in das besagte Wirtshaus. Sie freuten sich alle auf den Hasenpfeffer, den die Wirtin ja nun fertig haben musste. Aber diesmal hatten die Jäger die Rechnung ohne die Wirtin gemacht. Nicht nur, dass noch kein Gedeck zum Hasenessen bereitlag, das wäre das wenigste gewesen; aber es kam auch kein Mensch zu ihnen in die Wirtsstube herein. Da riefen die Jäger: »Den Hase rei!« Aber er kam nicht, und die Wirtin kam auch nicht, und niemand ließ sich blicken. Als nun die Jäger in die Küche gingen, was mussten sie da sehen und hören? Da saß die Frau Wirtin auf einem Schemel, den Hasen auf dem Schoße und zerfte: »Scho vier Stond sitz i da ond rupf am Hase rom ond hente ond vorne ischt koi Fertigwerre, so a Viech hat halt luedersmäßig viel Hor am Leib. Ond i pfeif drauf; do, machet's selber voll fertig.« Damit warf sie den Hasen in eine Ecke der Küche. Die Jägersleute aber, als sie gehört hatten, dass die Wirtin den Hasen rupfen wollte, wie man eine Ente oder eine Gans vor dem Braten rupft, mussten lachen und die Ilsfelder lachten mit und haben seither den Namen »Hasenropfer«.

Der »bessere Wein«

Vor undenkbar vielen Jahren waren die Erlenbacher und die Binswanger so gut Freund, dass die Engel im Himmel ihre helle Freude daran hatten. Der »Donerle« von drüben aber und der »Luile« von hüben waren das Musterpaar. Sie waren unzertrennlich und hielten zusammen wie die Zecken. Sie hörten zwar auch nicht besser als andere Leute, aber manche Mitbürger taten so, als ob sie es den etwas üppigen »Ohrlappen« nach von ihnen meinten. Und wenn die Starken in Erlenbach den »Donerle« mit »Schlacköhr« anredeten, so meinten sie akkurat dasselbe wie die Binswanger, wenn diese zu ihrem »Luile« »Buschurle« sagten. So hatte sich das Paar zusammengefunden, von wegen weil zwei stärker sind als einer.

Das ging bis zu einer Erlenbacher Kirchweih, wo die zwei, beide plötzlich und zur selben Zeit, ihre Liebe zur gleichen Tänzerin entdeckten. Der Teufel, der schon damals keine Kirchweih ausließ, nahm die Gelegenheit wahr und fuhr ihnen als Weinteufel in den Kopf. Bald lagen der »Luile« und der »Donerle« in den hitzigsten Händeln und wie das bei derlei ansteckenden Krankheiten geht, die andern mischten sich darein, und das Ende vom Lied waren Schelten und Handgreiflichkeiten zwischen Binswangern und Erlenbachern. Der Teufel aber schürte mit diabolischem Vergnügen den Zwiespalt in die neue

Woche hinein, und als die Gehirne längst beidseits wieder nüchtern waren, fraß der Brand in den Herzen weiter.

Der Teufel aber, weil er das gute Geschäft in Erlenbach machte, setzt seitdem aus Dankbarkeit, das heißt damit er weiterhin seine Prozente hat, den Fremden den Floh ins Ohr, der Erlenbächer Wein sei besser als der Binswänger. Natürlich behauptet es jeder Erlenbacher auch und kein Binswänger gibt's zu.

Wie's im Übrigen wirklich ist, kann folgende Geschichte aus dem Jahre 1910 zeigen. Kommt ein Ferienwanderer auch in den »Löwen« nach Hirrlingen bei Rottenburg und da ihm der Wein schmeckt, lobt er ihn. Das zieht sogar den alten Pfeifer, den Wirt, vom Ofenbänkle vor. »Ja, des glaub i«, meint er stolz, »des isch au a echter Erlebacher.« – »So, des merkt mer aber a«, sagte der Gast, »därf mer frocha, von wem der Wie in Erlebach isch?« – »Ha natürle, worum de it«, sagt der Pfeifer, »mir kaufet älleweil beim Gleiche, vom Schropp von Binswange.«

Bei der Weinmesse im April 2005 in der Alten Kelter in Fellbach habe ich sowohl vom Erlenbacher wie vom Binswanger Wein probiert, und ich muss sagen, beide sind vorzüglich.

Von Bauern, die ihrem Pfarrer ein Fass Wein spendieren

Im Unterland, in einem Weinort, wo's nimmer schwäbisch ist und noch nicht fränkisch, hatten die Bauern einen guten Herbst. Da war ein Leben mit Traubenlesen und Keltern, mit Schießen und Singen, mit Tanzen und Zechen; denn der Wein macht fröhliche Leute. Bütten und Fässer wurden voll, aus allen Spundlöchern floss der köstliche Saft, und die blumengeschmückten Weinwagen klingelten auf allen Straßen.

Ein solcher Segen ist dem Weingärtner wohl zu vergönnen; denn der Fehlherbste sind mehr als der Vollherbste, und es gibt das lange Jahr bei Hitze und Kälte in den Reben viel grobe und feine Arbeit zu tun.

Das reiche Jahr erzeugte in den sonst von Sorgen und Geldnöten oft heimgesuchten Männern ein schönes Selbstgefühl. Und als sie nach der Lese beisammensaßen im Kelterstübchen und mit den Guldenstücklein und Kronentalern in den Hosentaschen klimperten, gedachten sie auch ihres Herrn Pfarrers, der nicht Feld und Weingut hatte, und wussten viel Lobes von ihm zu sagen. Er hatte für den einen bei Amt suppliziert, dem andern aus den Händen eines Juden geholfen, da ohne Zinsen Geld vorgestreckt, dort eine schwärende Wunde geheilt und war ihnen mit allerlei Liebesdiensten an die Hand gegangen.

Deshalb redeten sie es miteinander ab, da der Wein nicht übermäßig im Preis sei, so wollten sie ihm auch ein Fässlein füllen, und es solle jeder Hausvater nach Vermögen ein halbes oder ganzes Imi von seinem Riesling oder Trollinger dazugeben.

Was der Mensch in seinem dunklen Drange und in gehobener Stimmung solchermaßen sich vornimmt und verspricht, das kann ihm nachher sauer aufstoßen. Und mancher hat sich die Sache anderntags nochmals überlegt und sich gefragt: »Wie mach ich's?«

Unsern Männern vom Kelterstüble ging's nicht anders, als sie ihre Spendierhosen angezogen hatten und über Nacht der Wein aufschlug.

Doch ließ sich die Sache zunächst ganz gut an. Der Heiligenpfleger stellte ein Fässlein in seiner Scheuer auf. Da kamen nacheinander die Bauern zwischen Tag und Dunkel, beim Dämmer und hehlingen, schleppten bauchige Krüge und füllten das Fässlein. Es schien, als wolle keiner hinter dem andern zurückstehen.

Und als der Heiligenpfleger als Letzter auch sein Teil dazugeben wollte und am Fußboden klopfte und am Spundloch Maß nahm mit einem Strohhalm, da war das Fässlein beinahe voll. Da überlegte er sich's und dachte bei sich: Wenn nur der Herr Pfarrer keinen Schaden davon hat! Er ist ein nüchterner Mann und des starken Weines nicht gewohnt. Wenn er eine Herzschwäche kriegte, wer sollte die Gemeinde versorgen? So einen guten Herrn kriegten wir nimmer!

Also füllte er, damit sich der geistlich Herr das Geblüt nicht verhitzige, das Fässlein vollends mit dem Schöpfkübel aus dem Röhrenbrunnen, der vor seinem Hause plätscherte, langsam und sacht, dass kein Tröpflein überfloss. Dann schlug er das Spundloch zu und brachte das Geschenk dem hochwürdigen Herrn selber ins Haus, fand auch ein paar geschmalzene Worte vom Dank der Gemeinde, die dem Herrn Pfarrer das Beste gönnen möchte.

Aber die Sache nahm einen üblen Fortgang. Denn als anderntags der Herr Pfarrer eine Kirchengemeinderatssitzung anordnete im Pfarrhaus und die Mannen in ihren blauen Kirchenröcken um des Herrn Pfarrers Tisch saßen in der Studierstube, da sprach der Herr Pfarrer der Gemeinde sein Lob aus und seine Anerkennung für ihr christliches Verhalten im Allgemeinen und den gespendeten Wein im Besonderen, der ihn vor allem deshalb freue, weil er nun seinen Herren auch einmal mit einem Gläslein aufwarten könne.

Indem sie nun miteinander klug und milde über die Angelegenheiten der Kirche Rat hielten, stieg der Mesner in den Pfarrkeller, um ein Krüglein von dem Schenkwein heraufzuholen. Und als er kam und die Gläslein auf den Tisch stellte, machte der Herr Pfarrer sein großes Protokollbuch zu und sagte: »So, nun wollen wir die Gabe Gottes versuchen!«

Also schickte sich der Mesner, der Reihe nach einzuschenken, und fing beim Heiligenpfleger an. Aber statt der Gabe Gottes spendete das Krüglein helles, reines Brunnenwasser; denn die Mannen vom Kelterstüble hatten in ihrer Sorge um die Gesundheit des Herrn Pfarrers und das Wohl der Gemeinde ebenso gehandelt wie der Heiligenpfleger.

Wenn einem so etwas passiert, so möchte man hinaus, wo kein Loch ist. Den Männern fuhr der Schrecken in die Glieder, als wäre statt des Wassers ein böser Geist aus dem Krüglein hervorgegangen; und sie wären gerne in ein Mausloch hineingeschlüpft.

Der Herr Pfarrer aber lächelte mild und verständnisvoll, und da er ein menschenfreundlicher Herr war, so schloss er die Sitzung mit einem gütigen Wort.

Schätzwohl, eine Strafpredigt war nimmer nötig.

Der Jäger Nast vom Heilbronner Wartberg

Vor mehr als 200 Jahren lebte auf dem Wartberg bei Heilbronn ein Jäger namens Nast. Von ihm wird erzählt, dass ihn die Langeweile zu absonderlichen Dingen getrieben habe. Als großer Freund des Waldes und seiner Bewohner hielt er in einem gut umzäumten Garten nicht nur einige Rehe, sondern auch einen Hirsch. Die Tiere hatten sich, weil jung eingefangen, ganz an den Jäger gewöhnt. Auf seinen Ruf eilten sie herbei und nahmen Leckerbissen gerne in Empfang. Auch gegen die vielen Besucher des Wartbergs waren sie zutraulich. Die gleiche Geschicklichkeit im Abrichten der Tiere zeigte der Jäger bei einem Hasen und einem Esel. Er lehrte den Hasen das Trommeln auf einer kleinen Trommel und den Esel das Wahrsagen. Je nachdem der Jäger fragte, schüttelte oder neigte der Langohr den Kopf oder

scharrte mit dem rechten oder linken Vorderfuß. Mancher Heilbronner wanderte damals dem Wartberg zu, um die berühmten Tiere zu sehen und sich an ihren Künsten zu erfreuen.

An einem schönen Junitag begegnete Nast einem Bauersmann, der einen gänzlich haarlosen Gaul auf der Straße von Weinsberg nach Heilbronn führte. Auf Anfragen erfuhr der Weidmann, dass der Gaul im letzten Winter einen bösartigen Schnupfen, Strengel genannt, gehabt habe und endlich nach verschiedenen erfolglosen Kuren vom Scharfrichter in Steinfurt bei Öhringen durch einen starken Trank aus Sevenbaumzweigen geheilt worden sei. Das Pferd habe durch den Trank nicht bloß den Strengel, sondern auch alle Haare einschließlich der Augenwimpern und des Schweifes verloren. Über das Gesicht des Jägers zog ein verschmitztes Lächeln. Er machte dem Eigentümer den Vorschlag, mit ihm zur Messe nach Frankfurt zu ziehen, wo der Gaul und seine drei abgerichteten Tiere ein gutes Geschäft erwarten ließen. Von der Einnahme wurde dem Besitzer des Pferdes ein Drittel zugesichert; dagegen sollte er das Versprechen geben, tiefes Stillschweigen über die Herkunft des haarlosen Tieres zu bewahren und selbst den Gelehrten gegenüber die Behauptung aufrechterhalten, man habe es mit einer ganz neuen Tiergattung aus einem fremden Weltteil zu tun. Der Bauer hatte allerlei Bedenken; Nast jedoch wusste so viele Vorteile anzuführen, dass er endlich einwilligte und schon am folgenden Tage gemeinschaftlich mit dem Jäger die Reise nach Frankfurt antrat. Dort zögerte Nast nicht, seine Menagerie zu empfehlen. Sein Hirsch leistete ihm dabei die besten Dienste. Auf ihm ritt er in den Straßen der alten Reichsstadt umher und machte bekannt, dass er neben einem Hasen als Künstler auf der Trommel und einem wahrsagenden Esel ein lebendiges »amerikanisches Nilpferd« zeige, wie solches bisher in Europa noch nie gesehen worden sei. Die sonderbare Ankündigung hatte trotz des großen Widerspruchs, der in dem Namen »amerikanisches Nilpferd« lag, großen Erfolg. Viele Leute strömten nach der kleinen Menagerie, und die Einnahmen flossen reichlich. Die ganze Stadt sprach von dem Nilpferd, und selbst in Gelehrtenkreisen erregte es Aufmerksamkeit. Nach der Behauptung des Jägers hielt der Gelehrte Blumenbach in Frankfurt eine Vorlesung über den Gaul und erklärte ihn für eine seither nicht bekannte Tiergattung. Auch andere Naturforscher sollen sich die Köpfe über das sonderbare Tier zerbrochen haben. Nast schmunzelte über die Weisheit der Gelehrten, ermahnte von Zeit zu Zeit den Bauern, den er als Knecht ausgab, zum Stillschweigen und strich das Geld wohlgefällig ein.

Die Freundschaft zwischen den beiden Männern, dem Jäger und dem Bauern, hielt jedoch nicht lange stand. Zu dem Misstrauen, das sich bei dem Bauersmann wegen des Drittels der Einnahmen einstellte, kam noch ein anderer Zwischenfall. Nast fühlt sich so sehr als Herr, dass er eines Tages seinem »Knecht« einige derbe Hiebe mit dem Hirschfänger versetzte, weil er dem »weisen« Esel einen Fußtritt gegeben hatte. Eine derartige Behandlung ging dem Bauern wider den Strich. Sofort eilte er zu einem Löwen- und Elefantenbändiger, der schon längst mit scheelen Augen die guten Einnahmen des Jägers verfolgte, und verkaufte ihm seinen Gaul um eine beträchtliche Summe.

Das »amerikanische Nilpferd« brachte auch dem neuen Besitzer reichen Gewinn. Es wanderte für schweres Geld nach Berlin und soll noch lange in verschiedenen Menagerien gezeigt worden sein. Wenn Nast in späterer Zeit unter seinen Gästen auf dem Wartberg saß, erregte er immer die größte Heiterkeit, wenn er von seinen Abenteuern auf der Frankfurter Messe erzählte.

Justinus Kerner schreibt in seiner Kindheitserinnerung von dieser Begebenheit. Er hat den Jäger Nast mit seines Vaters Kutscher Matthias besucht. Matthias war ein Verwandter des Bauern:

»Nast war so gutmütig, dass er dem Matthias die Erzählung vom amerikanischen Nilpferde wohl verzieh, oder hatte er vielleicht nicht gehört, dass solcher sie gemacht; denn er nahm uns noch sehr freundlich zu seinen Tieren mit, nur den Hirsch, der gerade in der Brunft war, bekamen wir nicht zu sehen; dagegen trommelte uns der Hase und schoss eine Kanone los, der Esel kratzte auf Matthias Frage: ›Wie lange lebe ich noch?‹ nur einmal mit dem Fuße, was dem Matthias ein Jahr lang große Unruhe machte. War dies eine geflissentliche Veranstaltung Nasts oder witterte der Esel in Matthias einen Verwandten jenes Frachtbauern, der in Frankfurt seinen Rücken bläute, und wollte er durch die Prophezeiung, dass Matthias nur noch ein Jahr lebte, an ihm Rache nehmen? Wir müssen es unentschieden lassen.«

Quellenverzeichnis

Märchenhaftes

Die drei Königskinder
Johann Wilhelm Wolf: Deutsche Hausmärchen. Göttingen und Leipzig 1851
Der Hühnerhirt
Johann Wilhelm Wolf: Deutsche Hausmärchen. Göttingen und Leipzig 1851
Die Mandelkörbchen
Johann Wilhelm Wolf: Deutsche Hausmärchen. Göttingen und Leipzig 1851
Die verwünschten Prinzessinnen
Bernhard Baader: Volkssagen aus dem Lande Baden und den angrenzenden Gegenden. Band I. Karlsruhe 1851
Die erlöste Schlange
Johann Wilhelm Wolf: Deutsche Hausmärchen. Göttingen und Leipzig 1851
Der wunderliche Spielmann
Kinder- und Hausmärchen der Brüder Grimm. Ausgabe letzter Hand. Göttingen 1857
Das Pfannenkuchenhäuslein
Anton Birlinger: Volksthümliches aus Schwaben. Freiburg 1861
Das kleine alte Männlein
Johann Wilhelm Wolf: Deutsche Hausmärchen. Göttingen und Leipzig 1851
Wie der Teufel auf der Flöte blies
Johann Wilhelm Wolf: Deutsche Hausmärchen. Göttingen und Leipzig 1851
Die Pelzmühle in Tripsdrill
Württembergische Volksbücher: Sagen und Geschichten. Stuttgart o. J.
Die Sage vom Ottilienberg
Bernhard Baader: Volkssagen aus dem Lande Baden und den angrenzenden Gegenden. Band I. Karlsruhe 1851
Die drei Schwanenfrauen im See bei Wimpfen
Nach mündlicher Erzählung an einem Erzählabend in Bad Rappenau aufgezeichnet von Sigrid Früh
Von der schönen Schwanenjungfer
Johann Wilhelm Wolf: Deutsche Hausmärchen. Göttingen und Leipzig 1851

Sagenhafte Frauen

Die Weibertreu
Württembergische Volksbücher: Sagen und Geschichten. Stuttgart o. J.
Regiswindis von Lauffen
Rudolf Kapff: Schwäbische Sagen. Jena 1926
Notburga
Brüder Grimm: Deutsche Sagen. Berlin 1818
Das edle Fräulein von Tierbach
Nach mündlicher Erzählung, aufgezeichnet von Sigrid Früh
Das Scheuerberger Burgfräulein
Nach mündlicher Erzählung, aufgezeichnet von Sigrid Früh
Der Pfaffenhofer Allmandwald
Württembergische Landesstelle für Volkskunde, Stuttgart
Die Meerfräulein von Dimbach
Ernst Meier: Deutsche Sagen, Sitten und Gebräuche aus Schwaben. Stuttgart 1852
Die Sage von den Wasserfrauen
Nach mündlicher Erzählung, aufgezeichnet von Sigrid Früh
Meerweiblein im Holderbrunnen
Bernhard Baader: Volkssagen aus dem Lande Baden und den angrenzenden Gegenden. Band II. Karlsruhe 1859
Die Stahlenmagd
Theodor Bolay: Sagen aus dem Zabergäu. Stuttgart 1931
Die listige Bäurin
Johannes Pauli: Schimpf und Ernst. Straßburg 1597
Das Käthchen von Heilbronn
Nach Heinrich von Kleist und Württembergische Volksbücher: Sagen und Geschichten. Band II. Stuttgart o. J.

Von Herrschern, Rittern, Bürgern und Bauern

Bilder aus Weinsberg
Gustav Schwab: Wanderungen durch Schwaben. Leipzig 1837
Die eiserne Hand Götz von Berlichingens
Lebensbeschreibung des Ritters Götz von Berlichingen. Übertragen von Karl Müller. Stuttgart 1967
Heilbronn mit Götzens Turm
Gustav Schwab: Wanderungen durch Schwaben. Leipzig 1837

Wie Götz von Berlichingen seine Hand zurückgab
Lebensbeschreibung Herrn Götzens von Berlichingen, zugenannt mit der Eisernen Hand. Nürnberg 1731
Melac-Sage aus Schwaigern
Nach mündlicher Erzählung, aufgezeichnet von Sigrid Früh
Der Bildstock an der Drachenlochsteige zu Erlenbach
Nach mündlicher Erzählung, aufgezeichnet von Sigrid Früh
Der geisterhafte Hase
Zimmer'sche Chronik. Herausgegeben von Karl August Barack. Tübingen 1869
Der Geist des Herrn von Gindelstein
Nach mündlicher Erzählung, mitgeteilt von Kurt Haiber, Lehrer in Mundelsheim
Der Einsiedler im Felsengarten bei Hessigheim
Nach mündlicher Erzählung, mitgeteilt von Kurt Haiber, Lehrer in Mundelsheim
Die drei dürren Brüder vom Galgen
Zimmer'sche Chronik. Herausgegeben von Karl August Barack. Tübingen 1869
Die Geister im Waldschloss
Zimmer'sche Chronik. Herausgegeben von Karl August Barack. Tübingen 1869
Die feindlichen Brüder auf Lichtenberg
Ernst Meier: Deutsche Sagen, Sitten und Gebräuche aus Schwaben. Stuttgart 1852
Burg Stolzeneck
Johannes Künzing: Badische Sagen. Jena 1923
Das steinerne Kreuz im Löwensteiner Wald
Württembergische Volksbücher: Sagen und Geschichten. Stuttgart o. J.
Das Hündchen von Bretten
Bernhard Baader: Volkssagen aus dem Lande Baden und den angrenzenden Gegenden. Band II. Karlsruhe 1859
Der kopflose Reiter aus Weiler
Nach mündlicher Erzählung, aufgezeichnet von Sigrid Früh
Das Weinsberger Fass
Württembergische Volksbücher: Sagen und Geschichten. Stuttgart o. J.
Der Pfeifer von Ilsfeld
Eberhard Benz: Der Häseltrog. Sagen und Geschichten aus Schönbuch und Gäu. Böblingen 1951
Der große Hecht im Böckinger See
Württembergische Volksbücher: Sagen und Geschichten. Band II. Stuttgart o. J.
Der Siebenrohrbrunnen und die Gründung Heilbronns
Württembergische Volksbücher: Sagen und Geschichten. Band I. Stuttgart o. J.

Der starke Beilstein

Zimmer'sche Chronik. Herausgegeben von Karl August Barack. Tübingen 1869

Doktor Faust und sein Freund Abt Entenfuß in Maulbronn

Justinus Kerner: Das Bilderbuch aus meiner Knabenzeit. Stuttgart 1849

Doktor Faust

Ernst Meier: Deutsche Sagen, Sitten und Gebräuche aus Schwaben. Stuttgart 1852

Graf Bartscherer

Bernhard Baader: Volkssagen aus dem Lande Baden und den angrenzenden Gegenden. Band I. Karlsruhe 1851

Der Schwabe von Bretten

August Schnezler: Badisches Sagenbuch. Band I. Karlsruhe 1846

Pfarrer Kindermann

Theobald Kerner: Das Kernerhaus und seine Gäste. Stuttgart und Leipzig 1897

Der Sankt-Michaels-Berg

Justinus Kerner: Das Bilderbuch aus meiner Knabenzeit. Stuttgart 1849

Geheimnisvolle und unheimliche Begebenheiten

Der alte Geisterspuk in der Prälatur zu Maulbronn

Justinus Kerner: Das Bilderbuch aus meiner Knabenzeit. Stuttgart 1849

Der Geist des Amtmanns in Binswangen

Nach mündlicher Erzählung, aufgezeichnet von Sigrid Früh

Das Attentat am Sankt-Anna-Fest

Württembergische Landesstelle für Volkskunde, Stuttgart

Das Gottesgericht zu Heilbronn

Württembergische Landesstelle für Volkskunde, Stuttgart

Von der Frauenkirche in Unterriexingen

Graf Leutrum von Ertingen: Die gräflich Leutrumsche Frauenkirche zu Unterriexingen. 1891

Schäfer und Nonne

Württembergische Landesstelle für Volkskunde, Stuttgart

Zauberarbeit

Bernhard Baader: Volkssagen aus dem Lande Baden und den angrenzenden Gegenden. Band II. Karlsruhe 1859

Von Brückengeistern

Nach mündlicher Erzählung, aufgezeichnet von Sigrid Früh

Schatzhöhle bei Waldangelloch

Bernhard Baader: Volkssagen aus dem Lande Baden und den angrenzenden Gegenden. Band II. Karlsruhe 1859

Schatz bei Sinsheim
Bernhard Baader: Volkssagen aus dem Lande Baden und den angrenzenden Gegenden. Band II. Karlsruhe 1859
Das Vogelnest
Bernhard Baader: Volkssagen aus dem Lande Baden und den angrenzenden Gegenden Karlsruhe. Band I. 1851
Der Schatz im Kloster zu Brackenheim
Ernst Meier: Deutsche Volksmärchen aus Schwaben. Stuttgart 1852
Wein in der Burg Weibertreu
Bernhard Baader: Volkssagen aus dem Lande Baden und den angrenzenden Gegenden Karlsruhe. Band I. 1851
Vom Holmale an der Hessigheimer Fähre
Rudolf Kapff: Schwäbische Sagen. Jena 1926
Der Keltergeist
Württembergische Volksbücher: Sagen und Geschichten. Band II. Stuttgart o. J.
Fahrsamen
Bernhard Baader: Volkssagen aus dem Lande Baden und den angrenzenden Gegenden. Band II. Karlsruhe 1859
Die weiße Frau zu Guttenberg
Ernst Meier: Deutsche Sagen, Sitten und Gebräuche aus Schwaben. Stuttgart 1852
Die zänkischen Weiber
Nach mündlicher Erzählung, aufgezeichnet von Sigrid Früh
Der schwere Hundegeist
Nach mündlicher Erzählung, aufgezeichnet von Sigrid Früh
Der schwarze Pudel
Anton Birlinger: Aus Schwaben. Sagen, Legenden, Aberglauben. Wiesbaden 1874
Der Schlossgottlieb von Eschenau
Carl Schönleber: Heimatbuch Weinsberger Tal, Meinhardter Wald. Öhringen 1930
Der Schimmelreiter von Kochendorf
Nach mündlicher Erzählung, aufgezeichnet von Sigrid Früh
Der Rottenmaierle
Nach mündlicher Erzählung, aufgezeichnet von Sigrid Früh
Der Reiter im Dahenfelder Wald
Württembergische Landesstelle für Volkskunde, Stuttgart
Der Löffelstein
Rudolf Kapff: Schwäbische Sagen. Jena 1926
Der Pfole
Rudolf Kapff: Schwäbische Sagen. Jena 1926
Der Käsperle von Ottmarsheim
Nach mündl. Erzählung, mitgeteilt von Kurt Haiber, Lehrer in Mundelsheim

Der Hasenjäger
Nach mündlicher Erzählung, aufgezeichnet von Sigrid Früh
Der Feldrichterstreit in den Kocherwiesen
Nach mündlicher Erzählung, aufgezeichnet von Sigrid Früh
Der Fisch im Märzenbächle zu Kochendorf
Nach mündlicher Erzählung, aufgezeichnet von Sigrid Früh
Der Cleebronner Hirschwirt
Nach mündlicher Erzählung, aufgezeichnet von Sigrid Früh
Der brennende Mann im Wald
Nach mündlicher Erzählung, aufgezeichnet von Sigrid Früh
Der Botenheimer Talgeist
Nach mündlicher Erzählung, aufgezeichnet von Sigrid Früh
Das weiße Männlein
Württembergische Landesstelle für Volkskunde, Stuttgart
Das Bild am Torhaus zu Möckmühl
Nach mündlicher Erzählung, aufgezeichnet von Sigrid Früh
Das Dahenfelder Sauhirtle
Nach mündlicher Erzählung, aufgezeichnet von Sigrid Früh
Der Davidle
Nach mündlicher Erzählung, aufgezeichnet von Sigrid Früh
Das Fuhrmannsbäumle bei Nordheim
Rudolf Kapff: Schwäbische Sagen. Jena 1926
Das Geisterschwein
Nach mündlicher Erzählung, aufgezeichnet von Sigrid Früh
Die Sage von Sankt Leonhard
Carl Schönleber: Heimatbuch Weinsberger Tal, Meinhardter Wald. Öhringen 1930
Die Glocke auf Wunnenstein
Ernst Meier: Deutsche Sagen, Sitten und Gebräuche aus Schwaben. Stuttgart 1852
Die Eppinger Glocke
Bernhard Baader: Volkssagen aus dem Lande Baden und den angrenzenden Gegenden. Band I. Karlsruhe 1851
Die Entstehung der Friedhofskirche zu Neckarsulm
Nach mündlicher Erzählung, aufgezeichnet von Sigrid Früh
Hexe in Heilbronn
Bernhard Baader: Volkssagen aus dem Lande Baden und den angrenzenden Gegenden. Band I. Karlsruhe 1851
D' Haleshex
Nach mündlicher Erzählung, mitgeteilt von dem zehnjährigen Schüler Matthias Braun

Von Schelmen, Schlaubergern und Schlawinern

Schülerrache
Württembergische Volksbücher: Lustige Geschichten. Stuttgart o. J.
Kerners originelle Freunde
Marie Niethammer: Das Leben des Justinus Kerner, erzählt von ihm und seiner Tochter Marie. Stuttgart o. J.
Justinus Kerners Pfannkuchenreise
Theobald Kerner: Das Kernerhaus und seine Gäste. Stuttgart und Leipzig 1897.
Robert Mayers Wette
Württembergische Volksbücher: Lustige Geschichten. Stuttgart o. J.
Der durstige Nussbaum
Jakob Frey: Gartengesellschaft. Straßburg 1556
Der Bürgermeister und der Rechtsgelehrte
Johannes Pauli: Schimpf und Ernst. Straßburg 1597
Wie die Sülzbacher zu einem Teil des Lederhosenwalds kamen
Nach mündlicher Erzählung, aufgezeichnet von Sigrid Früh
Von den Hessigheimern
Nach mündl. Erzählung, mitgeteilt von Kurt Haiber, Lehrer in Mundelsheim
Pfarrer Käferle von Sülzbach
Theobald Kerner: Das Kernerhaus und seine Gäste. Stuttgart und Leipzig 1897
Ein gutes Rezept
Theobald Kerner: Das Kernerhaus und seine Gäste. Stuttgart und Leipzig 1897
Der Provisor und der Schulinspektor
Nach mündlicher Erzählung, mitgeteilt von Siegfried Winkler, Cleebronn
Der Hinterfuß
Theobald Kerner: Das Kernerhaus und seine Gäste. Stuttgart und Leipzig 1897
Der Gänsberg
Bernhard Baader: Volkssagen aus dem Lande Baden und den angrenzenden Gegenden. Band I. Karlsruhe 1851
Der Finderlohn
Johannes Pauli: Schimpf und Ernst. Straßburg 1597
Das Unglaubliche
Johann Wilhelm Wolf: Deutsche Hausmärchen. Göttingen und Leipzig 1851
Die Ilsfelder Hasenropfer
Württembergische Volksbücher: Lustige Geschichten. Stuttgart o. J.

Der »bessere Wein«

Nach mündlicher Erzählung, aufgezeichnet von Sigrid Früh

Von Bauern, die ihrem Pfarrer ein Fass Wein spendieren

August Lämmle und Hans Reyhing: Das Herz der Heimat. Stuttgart 1924

Der Jäger Nast vom Heilbronner Wartberg

Württembergische Volksbücher: Lustige Geschichten. Stuttgart o. J.

Justinus Kerner: Das Bilderbuch aus meiner Knabenzeit. Stuttgart 1849

Bildquellen

Seite 61: Die Weibertreu in Weinsberg. Zeichnung von Hans Baldung Grien, 1515.
Seite 64: Die heilige Regiswindis. Kopie des frühen 17. Jahrhunderts nach einem verschollenen Original um 1500.
Seite 69: Burg Scheuerberg. Aus der Hällischen Chronik.
Seite 79: Weinsberg. Stahlstich nach einer Zeichnung von Ludwig Mayer.
Seite 82: Götz von Berlichingen. Glasbild.
Seite 85: Heilbronn, Allerheiligengasse. Steindruck der Gebrüder Wolff.
Seite 107: Truchsess von Waldburg. Archiv Silberburg-Verlag.
Seite 110: Heilbronn, Kirchbrunnen. Steindruck der Gebrüder Wolff, 1823.
Seite 113: Kloster Maulbronn. Stahldruck von L. Thümling nach H. Schönfeld, 1841.
Seite 132: Brackenheim. Aus dem Kleinsträttlschen Kartenwerk, um 1665.
Seite 135: Bei Weinsberg. Kleine Ebnersche Radierungen, um 1820.
Seite 137: Guttenberg am Neckar. Stahlstich von J. Carter nach einem Aquarell von Ludwig Mayer.
Seite 167: Justinus Kerner, Gustav Schwab und Ludwig Uhland in Weinsberg. Lithographie nach einer Zeichnung von Breitschwert.
Seite 173: Robert Mayer. Fotografie.
Seite 195: Der Wartberg. Gouache von Carl Doerr, um 1820.

Alle anderen Abbildungen: Xylographien von Ludwig Richter, um 1850.